某某展信佳

曾岩 著

文化藝術出版社
Culture and Art Publishing House

曾岩作品
总要给你写封信吧，玫瑰的花期快到了

某某展信佳

你有一个对你很重要的人吗
这本书我希望是你送给他/她最好的礼物

收到这本书的时候
可能是一个明媚的下午
或是雨打窗檐的晚上
表达爱意 永远没有时间限制

它 的 第 二 片 花 瓣 落 下 的 时 候　我 们 见 面 吧

他的歌总是恰合时宜
地出现在别人的爱情
故事里浓墨重彩好像
人们对那段感情的记
忆只剩下周杰伦了第
一次见他的时候他笑
着看着我我满世界的
初春从此都是他的印
记我这辈子最好的记
忆都留在那个小城三
月的春天了

曾岩 作品
Zeng Yan
"你听，周杰伦"。

我一个人走南闯北
能够有独自领略大好河山的情怀和勇气
能够充满韧性和斗志
能够乐观 不断创造奇迹
都要感谢爸妈对我的养育

以家人之名

曾岩 作品

我一直觉得她是
我的生活贫瘠又
的生活中带给我
曾岩 作品

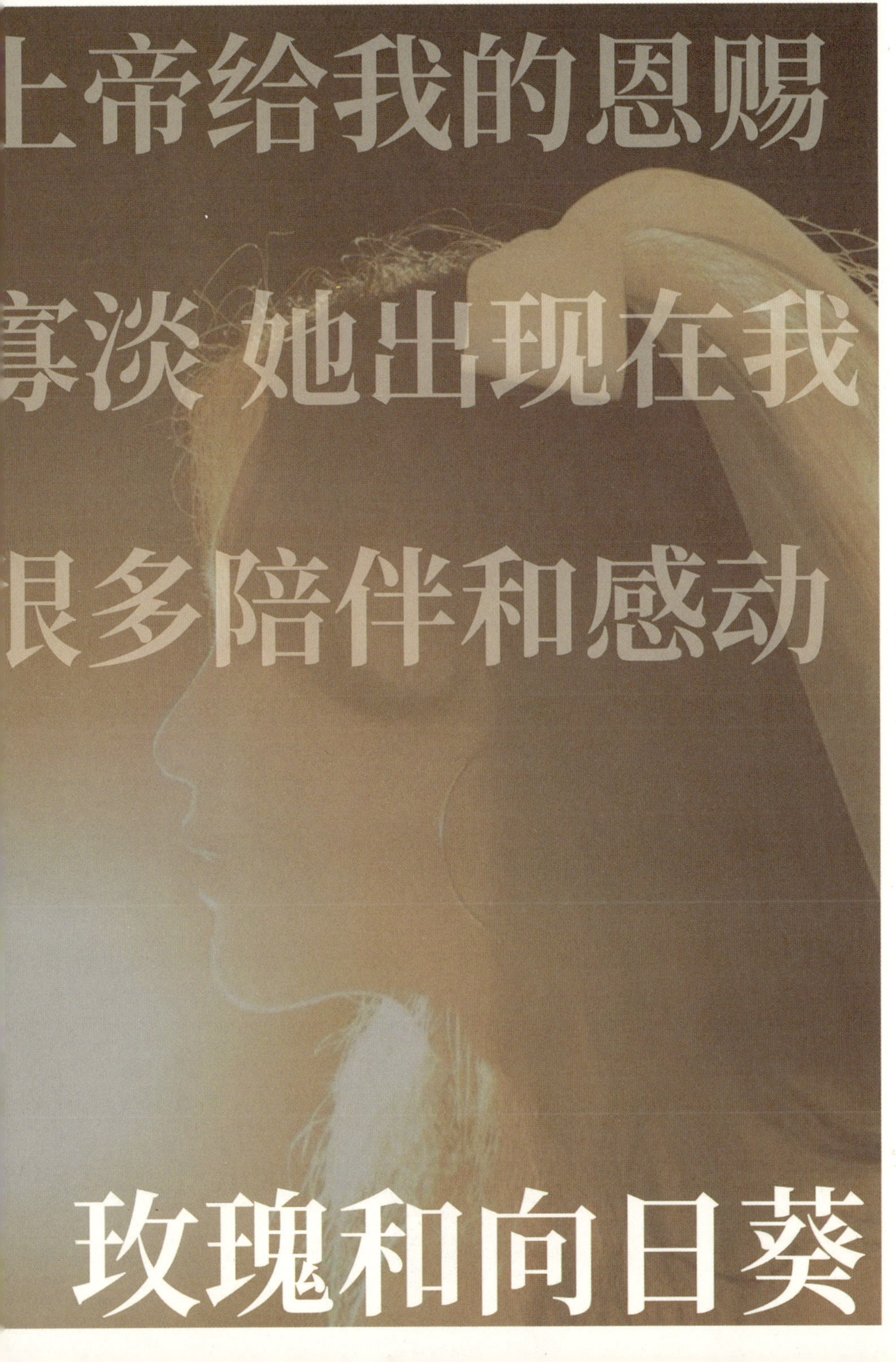
上帝给我的恩赐
寡淡 她出现在我
多陪伴和感动
玫瑰和向日葵

高

那种手写万物的日子
终于还是消失在了现代成年人的生活里
日复一日 就像枯木再难逢春

高

中
曾岩 作品
中

我把初恋定义为喜欢的第
一个人我们没有在一起过
但是我曾经喜欢得那么炽
烈好像要把自己燃烧干净
才能证明我是真的喜欢他

十年
一遇
荀先生
曾岩 作品
荀先生对于我而言
是每次提都会让我难过的人
我已经习惯很多年了

曾岩 作品
“那些击中过
我心脏的人
和
别人的故事”。
但那些比别人多出一点的爱 她不知道是好事还是坏事

我们的一生好像都在砌墙
墙越来越高
后来我们只看得见头上的一片四角天空

赵培炎
我最大的浪漫
就是把你写进书里

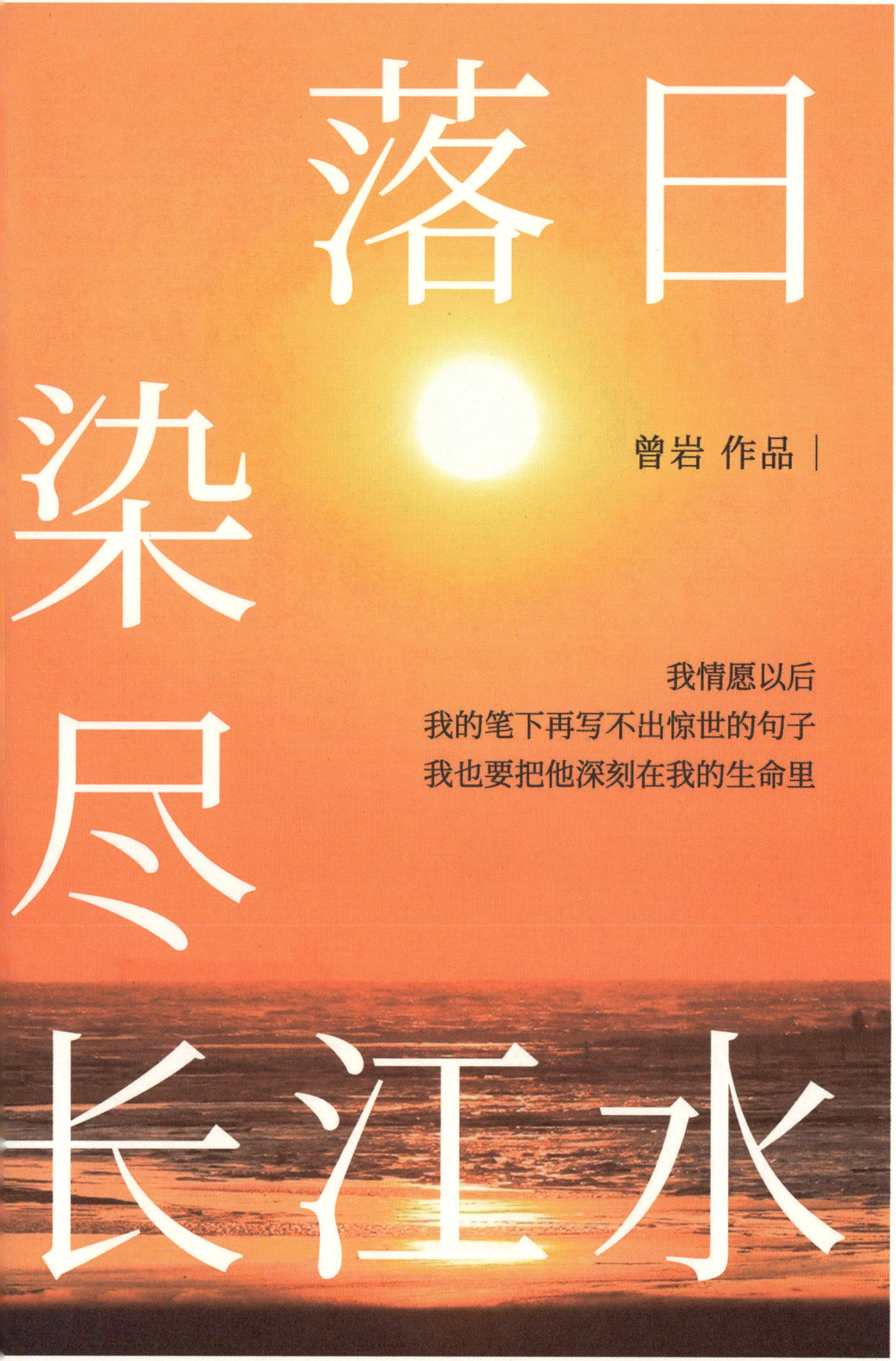

落日染尽长江水

曾岩 作品

我情愿以后
我的笔下再写不出惊世的句子
我也要把他深刻在我的生命里

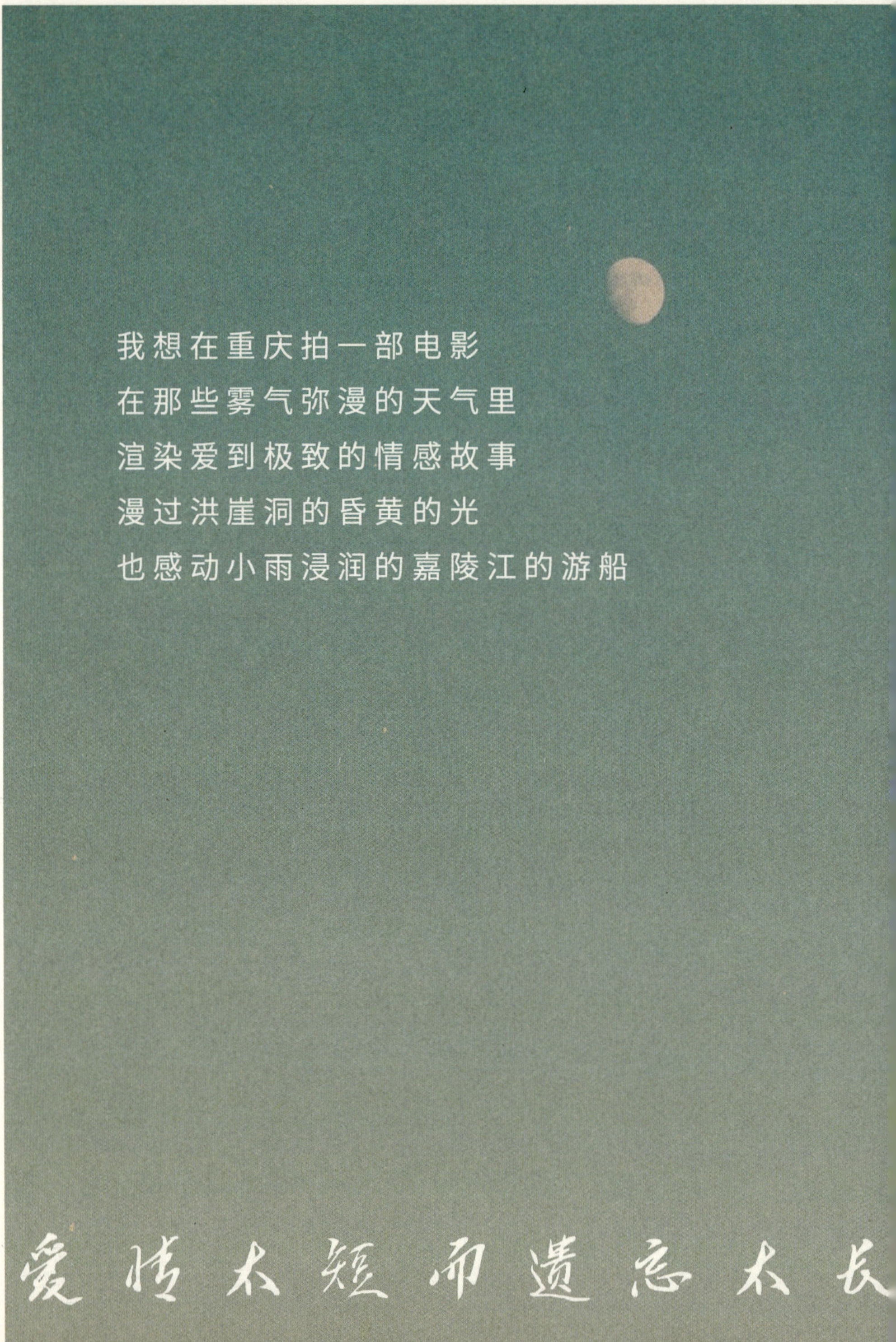

我想在重庆拍一部电影
在那些雾气弥漫的天气里
渲染爱到极致的情感故事
漫过洪崖洞的昏黄的光
也感动小雨浸润的嘉陵江的游船

爱情太短而遗忘太长

“说得浪漫些，
要向往宇宙”

曾岩 作品

爱与全力以赴

曾岩　作品

早晨的阳光洒在我的头发上
深夜的空气闯进我的鼻腔
我无比清醒地觉得
我的青春太精彩了 我无比热爱年轻

曾岩 作品
曾岩 作品
曾岩 作品

这可能是对世界最大的误解
总认为自己是最努力的那一个
事实是 总有人比你努力千百倍

曾岩作品
缩了人生的时间 在
岁里 我获得了不该
后来我的形象海报出
广告上 接受北京文
天我下载搜狗输入法
APP 我的形象海报
前 做梦一样 打出曾
就出现在输入框里

这是我的工作手记

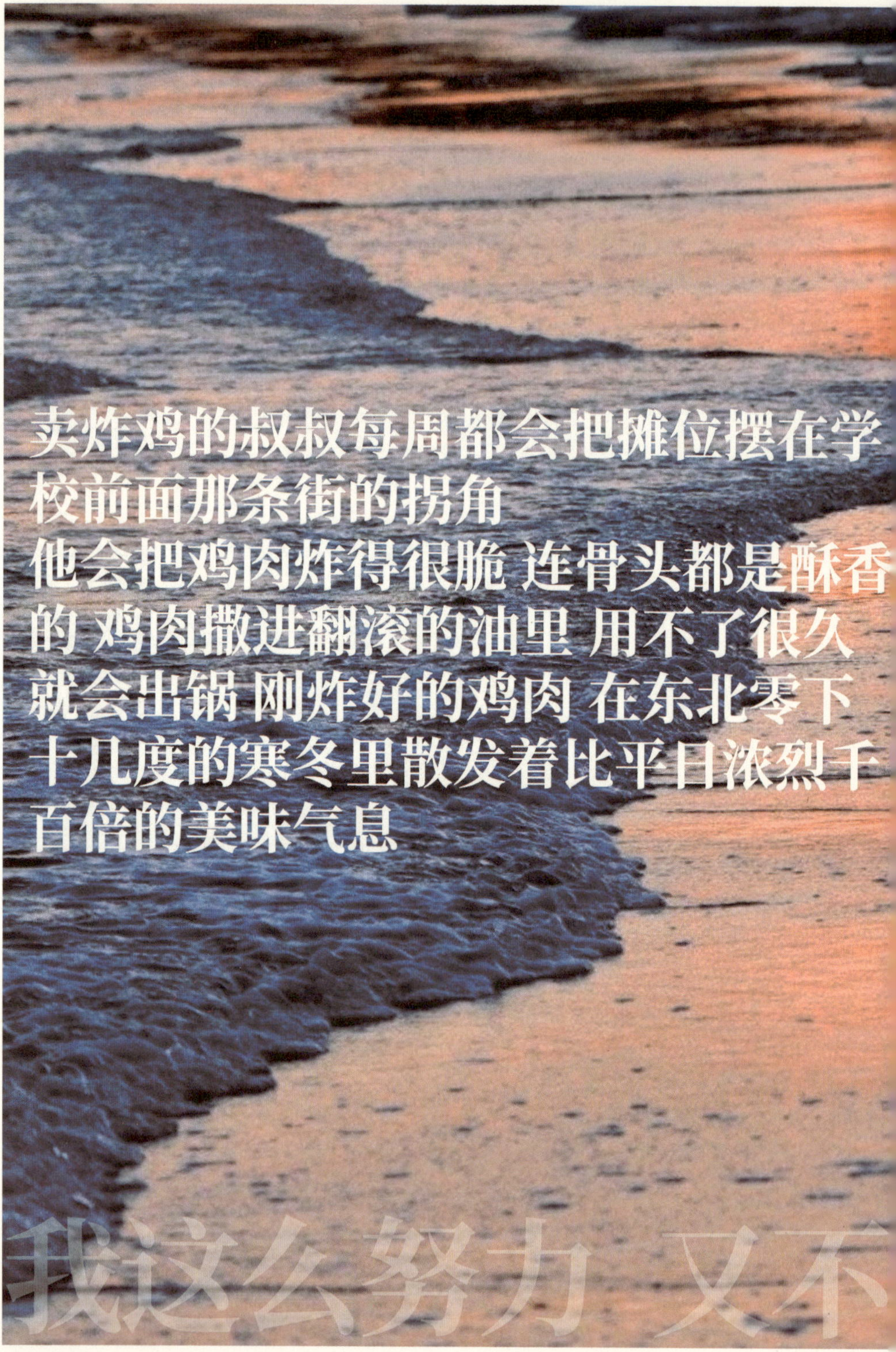

卖炸鸡的叔叔每周都会把摊位摆在学校前面那条街的拐角
他会把鸡肉炸得很脆 连骨头都是酥香的 鸡肉撒进翻滚的油里 用不了很久就会出锅 刚炸好的鸡肉 在东北零下十几度的寒冬里散发着比平日浓烈千百倍的美味气息

我这么努力 又不

天 / 气 / 晴
曾岩 作品
为了成为普通人

后 来 我 运 动 的 时 候 不 敢 想 他 / 不 然
看日出的
那六十天
曾岩作品

忽 然 的 心 跳 加 速 / 我 实 在 承 受 不 住
好像低头冲个咖啡的工夫
黑夜就被黎明吞并了 太阳喷薄而出
我本就喜欢看这深冬里的自然规律演绎
放假两个月 我看了六十次日出
我想 浪漫大概是一种本能吧

学习架子鼓
BOON
和树先生
写台本
和爸妈
第一次录节目
和淑娴姐
学习素描
和可乐小姐
第一本书出版
和青鸟小姐
学习油画
和四四

SUMMERTIME
喜欢歌手的专辑
和立林
第一个小房子
和纪元
和毕毕
和源哥的大合照
和奕洁
直播已结束
本场累计观看人次 3765
最喜欢的主播
西北彭鱼艳
我的本场贡献 4780　本场榜排名 1
青年作家曾岩携新书
《漫川零点零零后》入驻闪光语录
曾岩
登搜狗开屏
和馒头
很重要的人合集
第一次做总导演
十佳

是的，偶然性在悲剧中是没有一席之地的。

序

sequence

给这本书作序的时候，正好是夏初，这是我顶喜欢的时节。

这本书还是署名“曾岩”，没有署笔名。我在别的地方叫“原山”，叫“阿醒”，但是人这一辈子能写几本书呢，还是用自己的真名好些。

我小时候心气高，总觉得自己写的东西这么好，为什么不是作家。现在有了这个头衔了，却觉得自己写得怎么这么垃圾，怎么配得上作家的头衔。

你看，人就是越活越明白。

我用我人生不长不短的前二十年，证明自己可以是个作家，证明自己可以是个商人，证明自己可以是个导演、制片人。

有时候我觉得“作家”这称呼太重，其实只是个写故事的人。我也越来越理解，文学就是苦痛。

二十多岁大概是最好的年纪，我在前二十年活得精彩，认识了太多太多的人，参与到那么多人的人生故事里，我也想把他们写进我的人生。我不知道自己未来还会写多少本书，但是我知道，写作对我的意义高于所有其他工作，因为这是件顶顶浪漫的事情，这是给世界留下自己存在证明的事情。

小时候我心比天高，每分每秒都想着改变世界，长大以后发现自己被世界改变得更多，但是我也狠狠地给世界划上了一道口子，我能够证明我在这个世界上存在过，并且这是我二十岁就做到的事情。

我生长在非常幸福快乐的家庭，足够被爱，在大二就实现了自己很多的愿望，比如出书，经济独立，成为公司股东，成为中国五百强公众号联合创始人，和自己喜欢的艺人一起工作。我人生顺遂，除了爱情，一切都是很好的。

这是公平的，哪有人事事如愿，我已经是很幸运的人了。

我写了太多恋爱、炙热的暧昧，还有那些甜蜜苦涩的暗恋，自己却没谈过恋爱，说起来好笑，情感作者没谈过恋爱。我在这本书里写了三个男生：很小的时候我认识了旬先生，旬先生出现在我刚有记忆的年纪，那个单薄的年纪事情是纯粹的，于是我可以喜欢他很久；高中时候的段先生给了我一段蓝白校服的美好记忆，我是跟他学会如何爱的，虽然吃了些苦，但学会总还是好的；赵培炎出现在我经历了很多事情以后，我觉得这是成熟的喜欢，他救赎我，他让我知道，我也可以喜欢很好的人。圣诞节那天杭州初雪，窗外车流不断，灯光晕开在我的睫毛下面，怎么会有那么安静的时候，我分明感受到心脏冲击胸腔。我在大学这最后最好的日子里，喜欢了一个这么好的人。

你看，我在人间这不长不短的日子里，都困扰于爱情。

我这性格，真的很狮子座。

我不愿意待在小城市，我拼命努力逃离。我终于考到了杭州。知道自己再也不用被那贫瘠的资源束缚的时候，我才发现，故乡和远方的距离，这么近，那么远。

我第一次有学传媒的想法，是因为我喜欢王源。算起来我喜欢他八年多的时间了，我在他还在地下通道唱歌的时候，就已经喜欢他了。那时候我们都小小的，他还只是练习生。

于是我开始喜欢他身后的光影世界，开始对舞台、灯光、音响感兴趣。偶像的意义就是让你变得越来越好，在追光的同时，自己也开始变成别人眼里的光。后来我在工作中遇见他，他和我讲话，我离他最近的时候只有几厘米，我看见了我追寻了八年的他的眼睛里的光，他和我想象的一样，安静、谦和又有礼貌。我和他第一次见面，不是在演唱会上，不是在见面会上，也不是他一个人在舞台、一堆人在舞台下，而是平等的工作对接，我是导演，他是艺人。

我那年拿着六百多分的成绩来到杭州，从踏进校门的那一刻我就发誓，我一定不能辜负自己，不能让别人看不起。我庆幸自己在很小的时候就是一个目标坚定的人，我很庆幸爸妈支持我的决定，我很庆幸自己有那么多合拍的朋友，我很庆幸自己在这个最应该出色的年纪实现了自己的愿望。

这本书写得琐碎，亲情、友情、爱情，工作、理想，还有生活，都在里面。我不知道从何讲起，也不知道如何收尾，对于写到哪停笔没有计划，也没有华丽的辞藻和专业的结构。

但是我足够真诚，这是一本每个字都饱含了我的感情的书。

这是我送给你的礼物。

我也希望你可以把它送给你最重要的人，那个让你觉得遗憾的人，那个你看见他就会心跳加速的人。

人生海海，下一秒再难遇见。虽然我擅写悲剧，但是我希望你们的爱情都有好的结尾。

感谢你能够打开这本书，来读我的故事。我在故事中回忆自己，也希望你在我的故事里看见自己。

久等了。

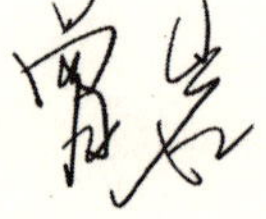

目录

content

你听，周杰伦

他的歌总是恰合时宜地出现在别人的爱情故事里，浓墨重彩，好像人们对那段感情的记忆只剩下周杰伦了。

1

蒲公英的约定

这是我和段先生的约定："如果我以后写书，一定把你写在第一篇。"

现在我终于实现了这个约定，而且全国人民都看到了。

他是大我两届的学长，我第一次看见他的时候，他穿着白色的卫衣外套，温柔有礼貌。我从来没有见过那么好看的男孩子，他笑起来的时候，我的眼睛里就装不下别人了。

十二月的风吹得我眼眶发红，我和段先生还没有完整地度过一个冬天。我也未曾看见过他穿着笨重的羽绒服的样子，没有机会帮他整理好帽子，再目送他远行。

我对一些事情现实得要命，是个只考虑既得利益的人，只能为他破例。他说爱要止于唇齿，我就写在笔下。我开始写散文，是因为他。

他喜欢悲剧。这是我写悲剧的原因。

他说："只有悲剧才能打动人。"我以前不懂，现在却只写得了悲剧。

所以我写我们，是我写的第一场悲剧。

2

甜甜的

第一次和段先生看电影，看的是《蓝精灵》，看到片尾时我哭得稀里哗啦。看完电影后，我们一起喝了下午茶。他往星座盒子里投了两枚硬币，把属于我的星座——狮子座的纸条送给了我。

那天我们还一起去抓了娃娃。我的手握着手柄的时候，他握着我的手教我怎么才能抓到娃娃。那天我抓到了我这辈子在娃娃机抓到的第一个娃娃。那天我们散了很久的步，从南聊到北。

过马路的时候，我很不想让他看出来我不会过马路，就紧紧地跟着他，结果他停下来左顾右盼，我一下子就撞在了他宽厚的背上。

他转过来笑了一下。

剩下的那半段马路，他小心翼翼地牵着我的袖子带我过。我很小声地低头说："我不太会过马路。"

段先生说："我知道，我看出来了，这样牵着你会不会好很多。"他小心翼翼地牵着我的袖子。那段路很短，时间却像过了一个秋天那么久。

那以后每次过马路，段先生都会很照顾我。认识久了之后，他从牵我的袖子变成了握着我的手腕。

那时候我以为段先生会永远陪我一起过马路。

后来我一个人带着大大小小的行李去了一座陌生的城市，一个人在拥有更宽的马路的城市生活的时候，不知道从哪次开始，我就可以一个人过马路了。原来学会过马路，还是得一个人的时候。没人依靠的时候，什么都能学会的。

总能想起段先生，他频频出现在我凌晨的梦里。

我已经记不清我从什么时候开始留短发。我只记得是因为段先生当初说他喜欢短发，我就义无反顾地剪了留了十多年的长头发。

从来不喜欢短发的我，为了他留了短发，因为他喜欢。

他说："你短发好看。"但我还是更喜欢我长头发的样子。

我后来遇见那么多的人，却再也没有一个人能让我心脏那么剧烈地跳动和疼痛了。

我是真的很爱他。他在我穿着蓝白校服刚刚清楚恋爱的意义的时候，教会我那种心脏猛烈撞击着胸腔的感觉，叫喜欢。

那时候，我还没学会化妆，和他见面的时候，笨拙地涂着口红。见到他时说话轻声细语，甚至我的衣角碰到他，我都会马上缩回来。

我刚学会恋爱的样子，都留存在段先生那双深邃的眼睛里了。

在这座城市里，我终究再也没遇见那个会小心翼翼带我过马路的男孩子了。

3

等你下课

上个假期我去高中附近拍风景，我走过那些曾经走过的路，好像每一步都有记忆汹涌地向我奔来。在所有物是人非的风景里，我只记得他。

走过的路，是和他一起走过的；去过的店，是和他一起去的；那些浪漫的梦想，原本是打算和他一起完成的。

他的眼睛太深了，我读不懂那里面藏了多少情愫。他和我说过不会让我难过，他足够温柔，但那些一起走过的路，我再独自走过时，还是难过。

我遇见段先生的时候，是我前二十年最快乐的时候。我很怀念学生时代的纯粹感情，一套又一套怎么也写不完的试卷摞得有那么高，很多热烈的感情只能发生在那个一尘不染的年代。

高中的时候，我很喜欢把他的名字写在本子上，这遍写得不好看就再写一遍，最后整张纸都是他的名字；学校不让带智能手机，我就拿着老人机一个字一个字给他发信息，习惯用二十六键的我每次发九键短信都需要很久。

他送过我几颗糖，我不舍得吃；后来糖化了，我连糖纸都舍不得丢。

学校门口的奶茶店是我们俩的秘密基地。他第一次送我奶茶的时候，把所有的料都加了一遍。那时候他总会坐在奶茶店的椅子上等我。现在那里的服务生换了一批又一批，再也没有人坐在门口的椅子上等我下课了。

他高考结束之后，我第一次隔着校服牵了他的手。他考得不错。他把用来高考的笔送给了我，说希望这支笔带给我好运气。

后来我一直带着那支笔。

他毕业之后，我总给他写信。字字谨慎，每一个字都带着心跳的频率和我笔尖的温度，我羡慕那些能代替我去见他的文字。我还能想起那时候自己小心翼翼地把写了两三节课的信塞进邮筒，听到信件落底的声音就会无比安心。

学校门口那只邮筒一共邮丢我十八封信，连着我的情怀和热忱一起丢进风里。

他说过要陪我种一棵树，要和我一起养一只狗，还要一起去很远的地方旅行，没有钱的话就他弹吉他我画画，靠赚来的钱能走多远就走多远。

我找到地方种树了，有了我喜欢的品种的狗狗，也有足够的钱去各个地方旅行了。

可是我再也找不到他了。

或许是天气太好了，阳光把我的惆怅全都淹没了。很久以来，我的眼睛里只剩下悲伤。

春天快到了吧，那濒死的枝条都抽了新芽，清潭倒映出远山。他是明媚而又忧郁的，明媚起来像太阳，忧郁起来像月亮。

我在这座不大的小镇散步的时候，总是在想，我会不会偶遇他。从前，我在前面走，一回头，他总会在我身后。

可是后来，晴天阴天下雨天，我再也没见过他，即使这座城市这样小，我也再没见过他。我只是周期性地想他，想没有栽的树，没有养的狗，没有完成的旅行。

4

七里香

周杰伦是我的青春记忆，虽然我知道他的时候应该比他火遍大江南北的时候晚了那么一个年代，但毋庸置疑他是我最喜欢的歌手。

“你说这一句很有夏天的感觉。”

这首《七里香》我总觉得应该在夏天雨后的晚上听，不知道周杰伦出现在多少人的青春里。

他的歌总是恰合时宜地出现在别人的爱情故事里，浓墨重彩，好像人们对那段感情的记忆只剩下周杰伦了。

那时候在自习室里，我穿着自己最喜欢的碎花裙子坐在他对面做卷子。那个炎热的夏天，窗外蝉鸣不止，我一道题也写不进去。

“喂，你听，周杰伦。”我轻轻地和段先生说。

“那我考你，这首歌叫什么啊？”

我一时紧张，竟然忘记了歌的名字，说不出话来。

我一抬头，就撞上他温柔得要溢出水的眼神。他眼神深邃，我宁愿溺死在他眼中的深潭里。那双澄澈清凉的眼睛，我在往后的人生里，再没遇见过。

段先生在昏暗的灯光下拿起了笔，在草稿纸上写下“七里香”三个字。那是段先生独有的字体，温柔却又有力。后来我把那三个字描了一遍又一遍，现在我可以像他那样写出好看的“七里香”三个字了。

我很喜欢他的字。他的“子”字和“心”字底写得格外好看，我照着写了一遍又一遍。每次写“子”字的时候，每次写“心”字底的时候，我的大脑都会提示我，有这样一个人存在过。我的字都是照着他的字迹练就的。我的生活中充满了他的影子，我每次写字，笔下都是他的痕迹。

我再也没忘记《七里香》的旋律。

明明是紧张的高中生活，那天的自习却格外悠长，时间好像怎么也过不完，很安静，只有音乐和我的乱了节奏的心跳声。

那天下雨，段先生带着一把绿色的伞，后来他还送了我一把伞。

周杰伦的歌声成了最好的背景音乐。后来回忆起那天，除了那把绿色的伞，那淅淅沥沥的雨，记忆里就只有周杰伦的《七里香》了。

后来段先生送了我一把很难看的伞，内衬是一朵蓝色的菊花，但是我每天都把它带在身上。

再后来我再没见过段先生。

有天下雨，我像以前那样拿着那把伞，关车门的时候，伞柄就那么被夹坏了。

人散了，伞都知道，连个念想都不想再留给我。

后来我把说过的话都实现了。曾经那些看起来不可能实现的梦想一个一个变成了现实，我去遍了有回忆的地方，看遍了说好要一起看的风景，那把伞却再也修不好了。

那把坏掉的伞就静静地躺在我的书柜里，有关段先生的所有东西，都躺在那个隔层里。我从来不敢打开那个隔层，记忆汹涌，一不小心就会淹没好不容易搭建起的城池。

没了那些东西，我的生命中，就好像从来都没出现过他一样。

再后来，他送我的那把伞被妈妈当旧物丢掉了。

我连他送我的礼物，都弄丢了。

周杰伦的歌，我总听。那首《七里香》，我听了一遍又一遍。

我对于段先生的记忆，就停留在那年夏末的下雨天。

5

晴天

看见一条知乎问答：“你十八岁时爱的那个男孩子怎么样了？”我在下面回复：“他当兵了。”

段先生一身戎装的样子，我没有亲眼见过。

最近杭州的雨并不是很善解人意，淅淅沥沥的雨不知道毁了多少人的无尽温柔。

要知道下雨天是不能回忆过去的，浓度愈来愈高，身体便万劫不复了，这是浅显的道理，却没人相信，没人愿意懂。

脑子总是喜欢欺骗心脏。

他送给我一本书：《从你的全世界路过》。他最喜欢张嘉佳。

这本书我看了无数遍，得出的结论是：看这本书只需要六个小时。它的文字挺诙谐的，可我的眼泪就是止不住。这本书的封面上说这书适合送给最重要的人，只有一个人送过这本书给我。

我读了一千遍张嘉佳。

我知道我这辈子都忘不了这本书。后来这本书被拍成了电影，每次看我都泪流满面。

上次我给他发了我在重庆拍的取景地照片。

“这是《从你的全世界路过》的取景地。”

“我都忘了那个电影讲了什么了。”

当时我站在重庆《从你的全世界路过》取景地的那个小天台上，风吹得我忍不住掉眼泪。

原来，自始至终只有我一个人留着那段回忆，每个细节我都记得清楚。

今天撑着伞，挡住了我的半个世界，雨水顺着伞面滚落，打在我的鞋尖上。

面前的这个人，太像长头发时候的他了。他现在是中国人民解放军了，板寸倒也干净利落。

有一段时间我没有他的联系方式，记忆也快被时间冲散了。我拼了半条命抓住的，还是我自己的过去。

也不知道他的胃病好了没有，那样艰苦的日子，我祝他幸福。

说到底我成为今天的模样，很大的原因都源于他，直到后来我的输入法都不认识他的名字了，我才意识到时间已经过去了这么久。

我能够有勇气面对困苦，只不过源于他那句话："你现在身上有两个人的希望。"

窗外下雨，有人撑伞，有人心怀两面。

我总说学习是一辈子的事情，总有一天你能看见学习带给你的益处。因为他跟我说，只有自己的学识别人带不走，我做的很多决定都是因为他的话。

我没有很频繁地想他，只是在雨天和布满星星的夜晚才会想他。在杭州看不到星星，我以为我想他的次数会变少，但是我忘记杭州会成月地下雨。

我是一个浪漫至上的人，人们三三两两地从我身边结伴而过，我动也不动，就那么站在人流中央，我感受着他们的呼吸，我追求独一份的偏爱。可能就是那些我永远都碰不到的东西我才喜欢。

我想送给他满天的星星。他喜欢星星，我就送了他一台天文望远镜。

"我把所有星星都送给你。"

这就是我喜欢星星的原因，这就是我在布满星星的夜晚想他的原因。

其实我现在生活得很好，自由独立，努力自信，再不会为了某个人影响决定和心情，但是我依旧怀念那些记忆里闪着光的日子。现在我在路上遇见一个像他的人，我的心还是会猛地震动，难过良久。

今天遇见了像他的人，希望以后再也遇不见像他的人了。

6

我落泪，情绪零碎

茶凉了，月亮碎了，洒了一地的清秋词，漾进了我的心间，凋了我四月的繁花，我纸纸清诗，诉不尽姑苏的忧。三两思念，消不了愁，作不了酒，剩八分怀念，半生孤独。

我的短发，我的字迹，我的习惯，我的梦想，都和他有关，我的生活里都是他的影子。我在无数个夜晚辗转反侧，想起他的时候暗自难过，所以眼睛和云一起下起了雨。我养成了心情不好就剪头发，看《从你的全世界路过》的习惯。

我爱他真的已经用尽了力气。

我很想他。这么多年了，每次看见他的照片，都会像第一次见他一样，控制不住地喜欢。回忆他给的回忆是件好事，可我又不敢去想，我怕回忆这东西像糖水——水加多了，味道也会变淡。

我想他的时候，哭不出声音，眼泪都流进心里了。我以为眼泪会把回忆淹死，可是我就是没出息，明明它都没气了，我还是要给它做心肺复苏。

他可能早就不喜欢这种风格的文字了，可我还是想用它们纪念那段我前二十年最快乐的日子。我想记录下来，我想在重庆拍一部电影，把我们的故事都拍进去。

在某年春风吹落树上第一瓣桃花的时候再见吧，就着月亮的清辉，就像我第一次见你那样。

我很想你，山河可鉴。

7

明明就

我们俩结束得不是很愉快，他说："你这辈子都得不到爱情。"我第一次领会到心是会疼的，像是针扎的一样，控制不住地难受。我这辈子，从没那样痛苦过。中间来来回回拉扯好多次，我都痛不欲生。我为了他醉过太多回，强迫自己忘掉关于他的所有故事。

我听到他的名字时还是会难过；写我们的故事的时候，字字句句，一笔一画都扎在我的心上。

"学长，我以后要是出书的话，一定要把我们的故事写进去。"

“那你要把它写在第一篇哦。”

我真的把我们的故事讲述得很动人。

我喝了很多酒，才能把我们的故事讲述得这样动人。

如他所愿，我这些年事事顺利，唯有爱情处处牵绊。

后来，生活匆忙。我终于把我吹过的牛都实现了。我的生活里，逐渐没了他的影子。

我再没有在哪次喝醉之后喊他的名字。我那么用力地爱过的人，过着平淡又普通的生活。他没有很幸福，也没有不幸福。

后来，也就是现在，我变成了更好的人。我认识了新的朋友，去了新的城市。我变得很好，我满意我的生活。突然想起他。

那些刻骨铭心的回忆，忽然轻飘飘起来。

人，总回头看是因为现在过得不好。如果现在过得足够满意，是不会回忆过去的。

我高中的时候认识他，炽热地喜欢过他，但我们没在一起过。

他是我的青春里最重要的男孩子。

写下这些文字之后，抬眼发现，故乡已是春天。

8

简单爱

一个人走在路上的时候，觉得风太凉了，让人不敢相信这是杭州的初夏。

最近我独处的时间变得多了起来，和晚风亲吻，和夕阳互抚，忽然就怀念起高中的日子来。

现在很遗憾的事情就是，没有在高中时代轰轰烈烈地谈恋爱。这可能不是一句有正面教育意义的话。

现在想想，学生时代真好啊！我总是不愿意把大学算在学生时代里，在我眼里学生时代的主要部分就是高中。蓝白色的校服，素面朝天，操场上在傍晚放的流行音乐，教务处检查指甲的长度，月考、联考、期末考，老人机的九键，写满爱意和思念的小纸条……

我好像越来越没有热烈的感情了。这不是不好的事情：我是十足的恋爱脑，一旦我认真、深刻地喜欢一个人，我就没有办法按照计划做自己喜欢的事情，而是只能每天围着自己的情感转。

我不喜欢那样的自己。

我小时候喜欢轰轰烈烈，喜欢那种偶像剧式的爱情，可是现在我更喜欢平静如水的感情，没有波澜，但是可以一起进步，那才是最舒服的状态。

但我还是会遗憾，遗憾自己没有谈一次完整的不顾一切的恋爱。

我逐渐接受这个时代带给我的元素，逐渐理解了往常不能理解的东西。

这个年代的恋爱，实在是件神奇的事情。

我总写恋爱，却最不懂恋爱。

我其实只知道，心脏怦怦跳，令我喘不上气，收到对方主动发的消息就会嘴角上扬，这就是喜欢。但是感觉这事儿很难说清楚，没有人可以准确地说出爱是什么。

我上头很快，喜欢一个人，只用三秒：第一秒判断男女，第二秒看长相，第三秒用第六感感受他。

说来奇怪，用那么短时间喜欢上的人，忘掉怎么会这么难。

我不是一个坚强的人，我的眼眶太浅，装不住眼泪。我从小到大吃够了爱情的苦。在第一本书的后记里面，我写道：“我的爱情很苦，我不介意再苦一点儿。”

那本书是短句集，我加了篇三百字的后记。那篇后记我没有什么灵感，最后还是写了感情。

而那些记忆中的人，那些青涩美好的记忆，是我这一辈子都要珍藏的。我喜欢影像，喜欢记录，无非是因为我喜欢活在梦里，却实实在在地在现实里被束缚。

我的浪漫剩得不多，都封存在这本书里。我遇见他已经是件足够浪漫的事情，那我就把我仅存的浪漫都送给他。我以前做过的所有浪漫的事，都和他有关。

这该死的浪漫主义，该是天分所致。浪漫和深情，在记忆里隆盛。

第一次见他的时候，他笑着看着我，我满世界的初春从此都是他的印记。我这辈子最好的记忆，都留在那个小城三月的春天了。

以家人之名

我一个人走南闯北，能够有独自领略大好河山的情怀和勇气，能够与人为善、充满韧性和斗志，能够乐观、不断创造奇迹，都要感谢爸妈对我的养育。

1

芭比娃娃

幼儿园毕业，我以满分的成绩考上了小学。

一年级的时候，我做题很慢，不会写作文。我还记得我小时候家里连张书桌都没有，每次写作业都是在一张小小的方桌上。在别人拥有一堆芭比娃娃的童年，我一个芭比娃娃都不曾拥有过。我的玩具只有一个一只耳朵的毛绒兔子、一只黑眼圈的玩具狗，以及一架遥控飞机。那架遥控飞机在玩了两次之后就摔坏了，爸妈就拿英语单词匹配卡和《新华字典》给我玩儿。

小的时候我妈对我非常严厉，她买了一本厚厚的口算题本，坐在旁边给我计时，只要我做一页题超过十分钟，或者做错题，她就会非常凶地吼我。那本口算题本沾满了我的泪水。我小时候爱哭，被凶一下就会忍不住掉眼泪；现在倒是坚强了很多，很少哭了。

还记得我妈那时候给我买的一本贼难的练习册叫《尖子生》，说把上面的题全做完我就会成尖子生；我不会写作文，她就买了一本《优秀作文》和一本《好词好句》，让我从头背，每天都要写一段文字，逼着我看书。

后来我做题的速度是全班最快的；我的作文是年级写得最好的，拿了很多奖。我真的每次都能考第一名，成了尖子生。

十二岁的时候，我妈把我放上火车，我坐了二十个小时的火车去山东的舅舅家，只有自己一个人。后来这事儿成为我嘴里炫耀的资本，用来证明自己勇敢独立，但只有我自己知道对于小朋友来说，独自旅行是件多么难的事情。

我爸是摩羯座，是个工作狂。他懂很多知识，我不知道他学历不高，为啥懂这么多，化学、物理、美术、押韵他都懂。

他挺舍不得花钱的，除了对我。

每次取得一点儿成绩沾沾自喜的时候，我蹦蹦跳跳地和他说，他总是风轻云淡的样子，有时候还会打压我。我的素描和油画都被老师夸有天赋，拿了作品给他看，他却能挑出一堆毛病。我从小到大听他说得最多的就是：“怎么买的书还没看完？怎么还不去学习？”

但是我爸从来都给我好吃好穿，我喜欢的衣服、鞋子和配饰，他都会给我买。

印象很深的一件事是，汶川地震，班里要捐款，我爸原来给了我二十，我觉得好丢人，怎么能只捐二十块，上学时一路都没和他说话，后来他给了我一百。

他是在我走出几十米之后，大声喊我，跑过来把那一百块给我的，我记得特清楚。后来我才发现，班里的同学捐的都是五块、十块的。我的家境在班里只属于中等。

我的虚荣心，我爸一直都会满足。有很多时候我不得不承认，我的不妥协来自虚荣。

高考的时候，他们不让我学传媒，觉得不稳定，但是后来他们妥协了，因为我跟他们说我喜欢；他们不让我报南方的大学，觉得离家远，但是后来他们又妥协了，因为我跟他们说我喜欢。

我爸年轻的时候特别帅，现在他胖了，头发少了，还有了啤酒肚；我妈年轻的时候长得可像刘涛了，现在她也有白头发了，每天研究养生和保健。我太爱他们了，他们是我永远的支柱，我看着他们，就会有前进的方向和努力的动力。

上了大二，我已经不需要家里给我生活费了，每个月还可以补贴家里一些钱。有时候会给妈妈买一点儿名牌化妆品，给爸爸买一些衣服、鞋子。我终于可以让他们享受养育子女的回报了。

之前我觉得，我的一切东西都是我争取来的，都来自我自己，现在我才知道，我拥有的一切都来自我的家庭。从胎教开始，我妈就给我听贝多芬和李白、杜甫。我一个人走南闯北，能够有独自领略大好河山的情怀和勇气，能够与人为善、充满韧性和斗志，能够乐观、不断创造奇迹，都要感谢爸妈对我的养育。

2

病痛滚蛋

有一次妈妈给我打电话，在聊了一些日常的事情之后，妈妈说，奶奶最近生病了，才出院。我的胸腔震了一下，想到前几天奶奶打来电话，问我在干吗，我当时忙得焦头烂额，解释了一下就急匆匆挂断了电话。那个时候奶奶应该才出院，就马上给我打了电话。

我很怕家人生病，尤其是家里的老人生病。我可以非常坚强，可以一个人处理所有的事情，但是听到这个消息的时候，我还是没忍住大哭。我后悔了，我后悔没能离家近一点儿。

小时候我总在奶奶家住，梳头发也是在奶奶家学会的。奶奶年轻的时候是个大美人，去哪里都会给我带很多好吃的回来。奶奶的手在我印象中很粗糙，那双手给我梳过头发，帮我围过围巾。

奶奶家门前有棵大树，树下有很多石板搭成的小凳子，总会坐着很多中老年妇女，对路过的人议论纷纷。我每次去奶奶家都要经过那个地方，后来我干脆绕路走，以免成为别人的谈资。

我最不喜欢吃韭菜，这是我所有朋友都知道的事情，但是奶奶做的韭菜，我没有一次不吃光。

大学之后，我很少去奶奶家。奶奶的步子蹒跚了，耳朵也没有以前听得清楚了——她时常听不到我说的话。

有一天晚上，我梦见奶奶去世了，在梦里哭醒，醒来后给家里打电话，确认奶奶是不是没事。知道奶奶没事之后，我决定每周都给她打电话，后来时间久了，又很少打过去。

我长大了，可以给奶奶买她喜欢的绣着富贵牡丹的裙子了。我希望时间可以慢一点儿，再慢一点儿，慢到能够让我带她住大房子，让她在一院子的花花草草里当个快乐的养花妇人。我希望她明媚快乐。

长大以后，好多东西越来越少了，少了什么呢？我也不知道。

说起爷爷，我从来没有见过我的亲爷爷。据说我的亲爷爷是个博学而睿智的老头。那个年代还没有影像留念，我只能靠我贫瘠的想象去描摹他的样子。

我现在的爷爷是位非常幽默的老人。从小他教了我很多规矩，比如吃蛋羹不能从中间挖着吃，比如不能拿筷子夹离自己远的菜品。

印象最深的是，我很小很小的时候，有一次因年纪小不懂事，偏要在大雨天吃旺旺大礼包，爷爷就冒着雨骑着那种老式自行车给我买回来。

每次我从杭州回来，爷爷奶奶都会给我买好多吃的。我小时候爱吃烧烤、炸串，长大了很少吃。他们对我的记忆还停留在我的小时候，每次都会给我买很多烧烤、炸串。

他们用最朴素的方式爱我。

3

天堂

在离开家之前，我甚至没有去看看外祖父。我的外祖父是位很有学问的老人，非常受人敬重。每次见到外祖父，我都要跟他辩论一番，关于三观，关于人生。

后来，有一天妈妈和我说，外祖父得了癌症——胃癌。

外祖父的一生其实挺富有戏剧性的。在外祖父得了癌症以后，我一直让他写个自传，但是他不听。

后来外祖父在一个冬天平静地去世了。他没能看见这本书，也没看见我有出息，就急着走了。

知道外祖父去世的那天，我在杭州的街头哭了一个小时。

离家两千公里，我没有什么东西能抓得住，只能在操场上走了一圈又一圈，那天的风好大好大，吹得我好冷好冷。

我只能哭。

哭完之后，逆着凛冽的风走回寝室。回到寝室，脸上的眼泪都干了，好像什么都没发生过一样。

外祖父是很厉害的人。他的字苍劲有力，文章也写得极其漂亮，思想有厚度，举止有风度。

他在我眼里是一位学识渊博的老人。他总是特别整洁，喜欢吃甜食，很要强，从来没有向谁低过头。

所有的好吃的、好用的，他都会留给我。

我小时候喜欢吃糖。外祖父有韩国的朋友来，带来各种各样我见都没见过的糖，他就偷偷全留给我。

我特别喜欢吃那种还没有长大的黄瓜。外祖父自己打理一小片蔬菜地，每次都会在黄瓜刚刚长出来时，就全摘下来给我。

我对外祖父的记忆挺模糊的，以至于现在都不知道怎么把他的一生写完整。

他是虔诚的基督教徒，他能够认认真真、一遍一遍地读和抄写《圣经》。外祖父是有风骨的人，在小镇上备受尊敬和爱戴。

外祖父查出胃癌的那一天，妈妈当着我的面哭了。我不能当着她的面再消耗她的脆弱了，我和妈妈说：“没事儿，外祖父年纪大了，这是正常的。”

但是我回到自己的房间里蒙着被子流了好多眼泪。

外祖父是在冬天离开我们的。冬天是个什么事情都会变慢的季节，唯独癌细胞不会，它们疯狂扩散，占据外祖父的身体。

外祖父不接受手术和化疗，他想让自己最后的时光体面一点儿。

胃癌挺吓人的。人吃不下东西，只能饿着。在最后的时间里，外祖父的脾气变得很差。我和他的最后一个电话里，他让我坚定信仰，要好好努力。

我强忍着没让自己哭出来。

我的身边从来没有亲人离开过，这种悲伤是我没有体验过的，我还没有经历过离别，那是第一次亲人的死亡离我这么近，我连他的最后一面都没有见到。

我时不时地会想起这位慈祥的老人，他总是笑着问我的学业，总是鼓励我，在我飘飘然的时候告诉我不能骄傲。他是一个信仰与学问都很厚重的人，是我一辈子的标杆。

外祖父的一生，悲惨的事情太多了，但是他从来都很乐观。我非常想念他。

我写这些文字的时候非常平静。因为我知道，外祖父现在一定在天堂一切都好。

我在远方第一次感觉到，我该长大了。生命中意外的事情太多了，我没有办法预测，但是我可以尽自己所能，让我的家人少一点儿辛苦。

在读大学的时间里，我疯狂、飞速地成长起来，每天给家里打电话，告诉他们我的生活，把喜悦分享给他们。

我不想让以后的自己感到遗憾和后悔。

4

大朋友和小孩子

阳台上吹来清凉的风，那一刻我望向窗外，忽然想到了小时候傍晚吹风的感觉。风是有味道的，今天风的味道和小时候的那种风，带给我的感觉分明是一致的。

很久没有小时候那种心脏“怦”一下的感觉了，但是这阵风确实带给了我回忆的情绪。

现在想想，我最喜欢的就是小时候那种安静的日子。周末早上可以自然醒。电视里的频道很少，那个时段正好是金融节目，屏幕上播放着乱七八糟的股市 K 线图。

餐厅和电视离得好远，我总要匆匆忙忙吃完饭，跑到卧室看电视。妈妈为了防止我吃饭的时候看电视，总把隔开卧室和餐厅的门关上。

遇到夏天天气很热的时候，我和爸爸就把菜夹到碗里，坐在水泥台阶上，一边看风景，一边比谁吃得快。

墙上挂了幅很难懂的画。上面有只黑白相间但是颜色组合得很好看的狗狗，长长的毛发遮住了眼睛。于是我一直想养只这样的狗狗——长毛的大狗，可以当枕头的那种。

我喜欢看一部经典韩剧《请回答 1988》。

我晚上就把妈妈拉到自己的房间里，和妈妈一起窝在我舒服的大床上煲剧。我们俩都很喜欢阿泽和德善，以及豹子女士，时常在半夜看剧时爆笑。

在每个周五的晚上，我拉着妈妈躺在沙发上看《歌手》，妈妈最喜欢周深。

和爸爸去超市购物，抱着大西瓜从超市往家走的时候突然下起了雨，爸爸扯着我跑回家，然后我们一起看纪录片、吃西瓜。

我其实是个内心很依赖别人的人，但是总想展现出一副很强大的样子。杭州六月的天气，时而暴雨，时而暴晒。空气湿漉漉的，皮肤总是黏黏的，一天洗一次澡总是觉得不够。

我作息不太规律，睡得很晚。在家的时候，出于健康的原因，妈妈总会监督我早睡，所以我在家里睡得都很早，但是自从来了杭州，我没有一天晚上是在 12 点之前睡的。

父亲节那天夜里，我藏在被子里哭，这种情绪对于我来说不太多。我每天忙于工作和学习，没有别人帮我铺路，我只能自己一砖一瓦地构建我的未来，虽然辛苦，却觉得值得。

未来的一笔一画，我总觉得自己能一点点地完成它。

但是有一天因为喝了凉啤酒、吃了芒果而肚子疼痛难忍，我只能一个人躺在床上，怕打扰舍友睡觉，我连声音都不敢出。

在家里的时候，父母会把我照顾得很好，我可以每天只考虑自己的事情。妈妈会在我虚弱的时候冲好红糖水，在我上床之前把暖宝宝放在我的被子里。

我一直以为自己自立而坚强，一个人可以应对所有事情，再难的时候我都不会和家里说，我能一个人扛过来，却会被这些细节瞬间击垮，泪流满面。

自己一个人生活之后，我越来越知道怎样生活，我努力保证自己生活规律，却还是失败了。下午一点吃早饭，早饭是没营养的外卖。从一大早开始工作到下午，忘记了吃饭，也忘记了带糖，低血糖就会找上门来。

要是在家的话，爸妈肯定会很心疼我。

可是在这里不会有人心疼你的。没有人会知道，所有取得的成果都是一点一点痛苦和艰难累加起来的过程。

2021 年的暑假，我在家一共住了十天：第一次回家待了两天，第二次待了八天。

这个暑假我辗转了五个组，每个组都在不同的城市。我的行李箱和行李袋，一直都装得很满，因为不知道哪一天就又要出发了。所以我看《我在他乡挺好的》很有感触，有一集就是，纪南嘉的行李箱一直放在角落，不敢收起来，因为使用频率实在过高。

跟的组一般是在南方城市，住的都是酒店。我随身带着一瓶中等容积的洗衣液，因为有洁癖，我很少用洗衣机洗衣服。夏天衣服换得勤，几乎每一天都要手洗几件。

几个月过去，那瓶洗衣液都要用光了。

但是酒店里没有能晒衣服的地方，几个月下来，衣服都是在空调下面吹干的，我总觉得没完全干，有种潮湿的味道，可是没办法，出差的人拥有一件有阳光味道的衣服是很奢侈的。

后来回家了，在家住的那段日子让我第一次更深切地感觉到了家的温暖。回到家里，可以在大床上滚来滚去；妈妈会把我的衣服洗得干干净净，香喷喷地晾在阳光下面。

原来被无条件地照顾是这样幸福的事情。

离开家的前一天收拾行李，突然看见我随身带的那个洗衣液瓶子，晃了晃，发现剩得很少。

我拿着空的洗衣液瓶子去找妈妈："妈妈，你能装满它吗？"

然后妈妈拿出大的洗衣液瓶子，装满了我的小洗衣液瓶子。

妈妈说我刚出生还在医院里的时候，有条件不好的亲戚来看望。那个亲戚是蹬三轮车拉客的，拿着皱巴巴的五块、十块，还有一块的纸币来，握着妈妈的手说："这虽然是碎钱，但是也有一百块哦，你拿着给孩子买点儿好吃的。"

妈妈的眼泪噼里啪啦地掉。

那时候我才那么大一点儿。

现在我已经长这么大了，已经能够独立赚钱，独自拿着大大的行李箱去远远的地方工作了。

爸爸送我去车站的时候，车开得很慢，他从未开得这么慢过。我是突然接到通告的，在走的前一天，还和他因为一把椅子该不该买而吵架。

在我赚钱之后，他还是很节省。他忽然跟我说，他最喜欢的事情是旅游。

爸爸最喜欢的事情是旅游，我才知道。我二十岁了，第一次知道，爸爸是喜欢旅行的。记忆中爸爸从未对旅行感兴趣过。

"每个地方都不一样，这个地方的气候这样，另一个地方又那样，挺有意思的。"

爸爸说，旅行太贵，花那个钱不值当。

我已经走过大半个中国了，但是爸爸没有。

没什么特殊情绪的时候，我对身边的人大都是平和的，有时候会发脾气，但是会迅速认错。

但是所有的情绪在家人面前都是不加掩饰的。

压力大是常态。经营工作不是件简单的事情，需要每天和不同的人打交道，经历大起大落的情绪起伏。

我每天都给家里打两个电话，早上一个，晚上一个，我要分给父母足够的时间，让他们不至于牵挂我。大部分时间我心情是很好的，但是在那种压力大的日子里，给家里打电话不会是一个好选择。

和爸爸打电话的时候，几乎每次都会因为某一个点争论。月亮很亮，没有星星，晚上的风很轻盈，打在我的脸上。

爸爸是什么时候学会做爸爸的呢?

我在镜子里看自己的脸，还是一张年轻人的脸，没有任何岁月的痕迹，脸上全都是梦想与朝气。

而爸爸的脸上写满了生活，还有幸福。

高考成绩出来那天，我在网吧查分数，当看见自己考了600多分的时候，我在网吧兴奋地大喊。整个网吧的人都看着我大喊大叫。

那天爸爸喝了很多酒。他是一个没有任何不良嗜好的男人，很少喝醉。我扶着他走回家时，他跟我说，这是他这辈子最开心的一天。

他说完那句话我就哭了。

我从小到大，成绩一直很优秀，是那个让他骄傲的人。爷爷在爸爸很年轻的时候就不在了，爸爸是很努力工作的人，这让我时常觉得，我总爱拼命工作是因为遗传。

我赚第一笔钱的时候，给爸爸转了三千元钱，给他买了一双小贵的运动鞋。然后爸爸每次出门都穿着那双运动鞋，在亲戚朋友面前不经意透露出这是我买的，幼稚死了。

我常觉得，从小到大爸爸对我过于严厉：我得了征文比赛一等奖，他会说写得差；我的文章登了报纸，他还是会说写得一般。

后来我写了本书，我没给他看。我怕他看见我书里的爱情故事。

他会吃我提过的所有男孩子的醋。

爸爸第一次当爸爸，他没什么经验，但是我知道他非常爱我。我不知道除了“非常爱我”这种俗气的词语，还能用什么词语去描述这种爱。他不够熟练，但是我知道，他把他的爱都给了我。

我受委屈的事从来没跟他说过，但是他每次看见我哭都会非常慌张。

爸爸是什么时候学会做爸爸的呢？我想大概是他第一次在产房外面听见我哭的时候吧。那个时候他的身份忽然就从孩子变成大人了。

我时常忘了，爸爸也是第一次做爸爸，他也在小心翼翼地爱我。

我希望我的爸爸是世界上最幸福的爸爸，我愿意通过我一生的努力成为他的骄傲。

我一切的底气来自我的家人，他们是我的动力来源，我希望我是他们骄傲的资本。

此文写给我的家人，希望下辈子、下下辈子，我们还是一家人。

玫瑰和向日葵

我一直觉得她是上帝给我的恩赐，我的生活贫瘠又寡淡，她出现在我的生活中，带给我很多陪伴和感动。

1

同步倾向

玫瑰小姐最喜欢的花是红玫瑰，我最喜欢的花是向日葵。玫瑰小姐是我最好的朋友，没有之一。

我俩成为最好的朋友已经六年了。

她有什么好的呢？这么一想也想不起来她哪里好，但我可以跟她打两三个小时电话，可以在凌晨三点还互发消息，可以离得很远依旧是最好的朋友。我们一起看过那么多次不同城市的日落。我总爱抱着她的腰睡觉，她总是比我睡得晚。我们见面总是一聊天就聊到黎明，每次见面，除了睡觉，百分之八十的时间都在大笑。

和她在一起，我最开心。

高中时总有人说我俩很像，后来才知道，这种现象在心理学上叫“同步倾向”，会发生在两个关系特别好并且互相认同的人身上。

我的高中说起来不算很快乐，唯一幸运的是有她在，和玫瑰小姐的友情可以成为我整个高中生活里最骄傲的事情。

她漂亮，性感，家境优渥，是武汉大学高才生。除了时不时地“犯二”和间歇性耍脾气之外，我似乎想不出她的缺点。

从放假回家开始，我就和玫瑰小姐在一起生活：一起吃饭，一起睡觉，一起看电视，一起打游戏，还有一起半夜谈人生。

那晚已经是深夜了，我们刚看完电影回家，买了西瓜和烧烤，坐在楼下的石阶上，吹着夏天夜晚的风，开始聊未来。

我忽然觉得她成熟了很多，她会想未来的爱情、未来的城市。高中的时候她每天都步履匆匆，为自己今天做对了多少题而开心，为做错了多少题而懊恼。我们俩在高中聊的话题大多琐碎，现在变成了结婚、买房、买车、工作。

这个转变不是突然发生的，却让我们最直观地感受到我们已经逐渐走向曾经未知的未来了。

我一直觉得她是上帝给我的恩赐。我的生活贫瘠又寡淡，她出现在我的生活中，带给我很多陪伴和感动。

2

邋遢大王

我妈记得她喜欢吃的东西，总要喊她来家里吃饭。

我和玫瑰小姐的喜好完全不同。

我最不能接受韭菜鸡蛋馅儿的饺子，不喜欢香菜；她最喜欢韭菜鸡蛋馅儿的饺子，很喜欢香菜。

我是芝士顶级爱好者，她一口芝士都吃不下。吃比萨的时候，她先吃掉比萨上面的料，我吃掉芝士层，她再把饼吃掉。

我有洁癖，而她非常邋遢。

她过于理性，我过于感性。我们两个是完全不同的人。

我性格张扬，不懂得收敛。我很狮子座，清高，死要面子，从不低头，也非常重感情，天生的浪漫主义者。她呢，现实主义者，我好像只能用这个词形容她。她从来都觉得我的想法很难实现，天马行空，异想天开。但是我一点点地努力让她相信浪漫主义。

她在武汉，我在杭州。她觉得距离远的友情是不能维持的，而我用时间证明了距离再远友情也会保持新鲜。

我和玫瑰小姐的感情在大学越来越好。是的，不要低估浪漫主义。

圣诞节的时候，我会收到来自她的礼物和纸条；知道我肚子痛就寄给我暖袋；我赶半夜的火车，她会睡不稳觉；我喜欢仪式感，她就绞尽脑汁给我最有仪式感的生命瞬间——她为我的十九岁生日准备了一件婚纱作礼物。这些都让我觉得我是被她偏爱的。

我不知道怎么说明她对我的重要程度。我总是希望未来能够和她生活在同一座城市，她没我可怎么自己生活呢？我一直觉得她需要我照顾。但事实是，似乎每次都是她在照顾我，每次我遇到解决不了的问题，她知道，她懂我，她会陪我一起解决。

今年我们俩拍了闺蜜照，一起做了头发，我把她写进了我的书里。我和她这几年吵过很多次架，我也有永远都不想理她的时候。但是我知道，玫瑰小姐是永远都不会离开我的人。

我遇见了一个尊重我的信仰，尊重我的喜好，尊重我的生活，尊重我的选择的朋友，从来不会干涉我的选择，只是会给出建议，同时无理由地支持我的玫瑰小姐。

就朋友来说，有的人因为时间久感情越来越好，有的人因为时间久感情越来越差。这其实是件很有趣的事情。

“时间会为你留下最正确的人。”我以前其实一直觉得这句话是矫情的，直到最近我才能够感同身受地理解它。

去了解一个人，是需要时间的；和一个人相处，是要经过不断地磨合的。

我在别人面前幼稚，不成熟，不会照顾自己，每当和她在一起的时候，我就变得很会照顾人。她负责把屋子搞得乱七八糟，我负责清理战场；她连微波炉都不会用，于是我负责保证她的温饱，让她不至于饿死。我总觉得我可以照顾好她，无论是现在，还是以后。

我也有连自己也照顾不好的时候。

那次我的脚受伤了，需要用刀片涂药。她说要帮我，我信誓旦旦地说这点儿小事我可以自己来！结果没过一会儿我就带着我被刀片划伤的手走了出来，然后问她：“有创可贴吗？”她一边骂我没有自理能力，一边帮我清理伤口，笨拙地在我的手指上缠上一圈又一圈的纸巾。

还有一次，我们放假回家第一次约见面，我这个十级路痴在家附近竟然也迷了路，找不到约定的路口。“我在一棵树旁边。”我只会这样形容自己的位置。她一边嘲笑我，一边来找我，带我去喝我们最喜欢的奶茶。

好像有她在，再让人难过的事情都会好起来，再艰难的日子都会熬过去。我就是有这样的自信：无论发生什么事情，她都不会离开我。

无论被环境改变多少，我对她的感情是永远不变的。她对我也如此。

3

友谊哲学

一段友情的经营，是一件富有哲学意味的事情。

我和她特别要好，但我们也会有令对方都舒适的个人空间，或者说这是个我们彼此往后面稍稍地退了一点儿，给对方留出来的距离。朋友相处是很微妙的事情，中间一直存在一道线，这条线不可跨越，否则它就会变成利刃，划破难得的平衡感。

这条线是虚线，所以说是相处的哲学。

平衡感很重要，我没有刻意去维系这种平衡感，只是时间一久，那种令双方都舒服的相处的感觉就自然显现了。

我喜欢向日葵，她喜欢红玫瑰。我们俩会一起旅行，去到世界的每个角落，我们会在结婚之前有一套属于我们两个人的小房子。

我们俩八十岁的时候，会一起坐在摇椅上看落幕的夕阳，再让黄昏为我们加冕。

高中，高中

窗外的天蓝得不像话，操场上的音乐恣意地播放，阳光刺眼，夕阳温柔，大家都穿着松松垮垮的校服。长大之后才发现，那些日子再也回不去了。

1

我的“无力感”高中

高中，高中。

高中的记忆好像永远停留在那种炎热的夏日。操场上有打篮球的男孩子，蝉无休止地叫。我们一遍一遍在纸上写下梦想，我们以为一切都会实现。

窗外的天蓝得不像话，操场上的音乐恣意地播放，阳光刺眼，夕阳温柔，大家都穿着松松垮垮的校服。长大之后才发现，那些日子再也回不去了。

那样美好的日子，果然还是停留在周杰伦的歌里了。

我的高中时期是我很不愿意回忆的日子。

学习不顺利，各种人际关系也不是很会处理。我从来没有像那三年那样自卑和无力过。

我从小习惯了过第一名的日子，老师的关照，同学的喜爱，我都认为是理所应当的，所以与人相处的时候，我都是大大咧咧的，从来都不会刻意注意。

但是高中就是重新洗牌，高一上学期我是在普通班里度过的。那时候的班主任是一个不讨同学们喜欢的“奇怪女人”，我一直觉得她心理有点特别，后来全班同学投票，让她不要再当班主任了。后来我考上了文科实验班，幸好只受了高一半学期的摧残，那半学期简直是度日如年，我也越来越明白一位好老师是多么重要。

实验班的压力很大，年级大榜上面不断波动的名次，一遍一遍把我的理想狠狠地按在地上摩擦。

考 600 分，我就能去喜欢的城市学喜欢的专业。我想做导演，导演是造梦师，能够把我所有的不甘和遗憾在另一个世界变成现实；我想学习传媒，想去一座好一点儿的城市。

可是离高考还有 100 天的时候，我的成绩才 500 分出头，如果高考时是这个成绩，我只能在一座不太好的城市，学我不喜欢的专业。

月考成绩出来那一晚，我一个人待了很久。

2

多久没收到小纸条

水木先生给我发了张令我愣了很久的图片。

图片上是一张写满字的纸，字迹熟悉而又陌生。那是高三的时候我自己写的。

这是我高三那年写给水木先生的纸条，内容是鼓励他，让他调整好心态，不要有太大压力，好好高考。

水木先生是班里学习很好的男孩子，老师们都很喜欢他。

我和水木先生的进一步相熟，应该是离高考还有 100 天的时候。那时候我们的座位离得很近，于是我和水木先生组成了“战斗小组”。

我们的战斗目标是共同为高考奋斗。

我们每天早上不到六点到校，每天早自习都做一套数学卷子，互相批改，在比赛中进步。

那时候由于我们到校太早，教学楼的守门大爷还没有开门，我和水木先生就站在教学楼下等。东北的冬天太冷，一说话就有大片的哈气，在我的睫毛上凝结成冰碴儿。

守门大爷每次都会不情愿地出来给我们开门，有时候还故意晾我们五分钟。

“下次别这么早，学校不让这么早开门的。”但他还是每天早上都给我们开门。

没错，我和他成了全校最先到的学生。

那时候我特别享受做班级里第一个开灯的人的感觉，总觉得那是我早到班级的动力。

“啪”一声，灯亮了，我的一天也就开始了。

那 100 天里，现在想来只有天没亮的家乡，不爱给我开门的大爷，还有在教室里最早开灯的成就感。

后来我输了水木先生很多套卷子的比赛，但由于一天一套数学卷子的积累，我的数学成绩终于稳定在 130 分以上了，运气好的时候，可以考到 140 多分。

最有趣的是语文卷子，水木先生总会用一些长长的名字来命名他总结出来的解题手法。那些名字都很可爱，成为我们日复一日的枯燥练习中的乐趣。

最后，我考了 606 分，是我高中考得最好的一次。

我用了 100 天提高了 100 分。

我去了浙江传媒学院，学了我最喜欢的广播电视学。我现在的生活充满了明媚与快乐，我再也不会自卑了。

高考之后，我很少再见水木先生。水木先生说：“当初觉得像地狱一样的生活，现在竟然觉得那么好。”水木先生的理想是成为一名律师，但后来，他没有学法律专业，而是学习了俄语。他现在俄语说得可流畅了。

他说，大学再也没人给他写小纸条了。

一张张或长或短的纸条，留存了我太多的高中记忆。我的纸条装满了一整只盒子，那只盒子一直被我带在身边。

3

形形色色

在高中，我遇见了很多特别的人，她们让我相信了很多道理。

馒头去了我最喜欢的重庆。高中的时候，我总会一下课就拉起她温暖的手，让她陪我去操场上听歌。她总喜欢发呆，是不折不扣的追星女孩。她的喜欢深沉而又笃定，好像能够让嘉陵江的水倒流。我和她在重庆的夜色里，见过洪崖洞美丽的光晕落在每个人的肩上，星河长明。

立林后来考到了上海，是我为数不多还有联系的高中同学。我们曾经站在车流不息的上海市中心，看那一座座怎么都看不到头的高楼，我们和这个城市格格不入，但看到深夜依旧通亮的灯火映在彼此的脸上，倒也能在深夜撒欢儿地奔跑在黄浦江畔。

毕毕是顶级搞笑女，和她在一起的时候总是开心的。但是她也会因为爱情苦恼。我有时候觉得她和我很像，又觉得她比我单纯很多。她总是兵来将挡，永远乐观。

魔镜是我见过的情商最高的女孩子。她长得漂亮，性格活泼，我很喜欢找她散步。她会在每个圣诞节、我的生日，写很长的纸条给我。我上大学之后，也会偶尔和她分享杭州的日出和日落。我在高中最孤独的日子里，身边一直有她。她送过我一只绿色的卡包，我一直带在身边。

酸酸是我高中的班长，是我见过的最努力的女孩子。我和她做过很久的同桌，高二结束的那个假期，我们还要在学校里上课。那段时间我看完了十二本杂书，她做完了十二本卷子。她自信，浑身发光，从来没被生活打倒过。

月亮小姐是我的笔友，我们相熟于文字。我们的风格似乎很像，又好像完全不同。我认识她的时候，就好像迷失方向的航船在雾中找到一盏导航的灯。我们在苦难的高三相互取暖，吐槽生活，分享爱情。

仙女姐姐是我见过的最真性情的女孩子，我时常觉得她是世界上最快乐的人。在高中，我问的所有问题，她都会努力给我讲懂，因为她的梦想是当一名教师。我很少遇见目标坚定的人，她是一个。

……

回忆起那三年，觉得自己在成长，疯狂地成长。

高中时候理不清的阶级论，永远也做不完的卷子，永远脆弱而敏感的心，现在，我有了藐视那些东西的资本和魄力。

但我从不感谢那些伤害过我的人，也永远不会原谅他们。

可能我以后再也收不到小纸条了吧。那种日子早就消失在我不算漫长的被生活染色的人生里了。

幸好，在追逐梦想的过程中，我坚定地做了每一个选择。那是光明赐给我的力量，指引我一步一步地披荆斩棘。

整理东西的时候发现我有几封没寄出去的信，就那么放着，信纸都变脆了。

我很喜欢写信，那种慢悠悠的送件、满怀期待的等候，在我眼里是最浪漫的事情。

可是，时间和时代不这样觉得。

那种手写万物的日子，终于还是消失在了现代成年人的生活里，日复一日，就像枯木再难逢春。

下了晚课在操场上跑步，在操场上听被夕阳染红的流行歌，在课间十分钟楼上楼下地跑只为了看一眼喜欢的男孩子的日子，终究被封存在那一去不复返的日子里了。

人生好像一艘船。我是这航船的舵手，一手握着自由，一手拿着忧愁。我不能回头，也不能停留，我怕我拼了命攻的城略的地会失守。

我穿过亘古亘今的长风去看拂晓黎明，我拥抱着山川亲吻水浪，我逐鹿山陵，我寻千百度的冷，我念百千转的柔情。

我在沉默里歌唱，在束缚里自由，在渺小中伟大，在瞬间里永恒。

谨以此文，纪念我的高中生活。

十年一遇旬先生

我把初恋定义为喜欢的第一个人，我们没有在一起过，但是我曾经喜欢得那么炽烈，好像要把自己燃烧干净才能证明我是真的喜欢他。

季末的天，凉了半轮的清月，水墨色的沉沉的云压着晚秋。撇下的月光潋滟了我永昼的孤渠。

这个季节的风是凛冽且凌厉的。我思念的人在那座灯市里，无冬无夏，抑或长冬长夏，只是一味地在延展的信笺里，千里百里。

你有过一个你听他说一句话就想哭的人吗？

我有，是旬先生。

昨晚梦见了旬先生。早晨起来，我泪流满面。

旬先生是我的初恋。我喜欢过他十年。

我把初恋定义为喜欢的第一个人。我们没有在一起过，但是我曾经喜欢得那么炽烈，好像要把自己燃烧干净才能证明我是真的喜欢他。

我虚岁六岁第一眼见他，就喜欢他。他是转校生，当时我们小学一年级。六岁到十六岁，我从懵懂到懂事，一直在喜欢他。

说起来好笑，小学一年级哪懂什么喜欢。没错，我也没想到从那时开始我会把十年的感情都给这样一个人。第一眼见他，觉得他阳光，有一点儿帅气。那天我坐在班级第一排。

你看，我把我们的第一次见面记得这样清楚。现在回忆起来，那个年纪能记住的好像只有这一件事情。

我总觉得他笑起来很好看。他单眼皮，眉毛很浓。我每天屁颠屁颠不害臊地跟在他后面。那年的橘子汽水很便宜，我透过玻璃瓶里不断上升的气泡喜欢他。我喜欢他这件事儿，是所有人都知道的事儿，包括老师、同学。我从来都是张扬热烈的，毫不掩饰我对他的感情。

可是他离我似乎总是很远，总是一副冷冷淡淡的样子。

学校每周五都会大扫除，我拿报纸擦玻璃。我在玻璃上哈气，哈气没了的时候，一抬头就看见他在走廊灿烂地笑着。

我总是班里的第一名，而他是校霸，成绩很差，最爱打架，所以换座位的时候怎么也换不到一起去。我是很想和他做同桌的。

我对于他的记忆很破碎，十多年过去了，小时候的事情太模糊，但有几件事情记得很清楚。

小时候班级里有个女孩，“统治”着整个班级，有次因为我和她吵架，她叫班里所有人都不要理我。被孤立可不是件小朋友能够承受的事情。

小小的我还受不了那种热闹中的孤独，自己一个人在座位上时断时续地哭。他走过来敲我的桌子：“好啦，不要哭。”

他像小英雄一样，在我孤立无援的时候，帮我击退小怪兽。

后来，在我很重要的一场考试之前，旬先生给我写了同学录。剧情很狗血，同学录的内容是，他喜欢了我好多年。

那天我们坐在操场旁的观礼台上。北方的天气很凉，他把外套披在我的身上，他的外套上有一种很好闻的味道。他外套的味道，我在三年级帮他拿衣服的时候就记住了。他没有看我，他的眼睛看着前方，和我一句又一句说着话。

“以后我们肯定不会是一路人的，你以后会很好。”

“我第一眼看见你的时候就喜欢你了，那时候你真好看，现在你变丑了。”

可能是因为他说我丑吧，他和我说话的时候，我的眼泪止不住地淌。

结果在意料之内。第二天考数学的时候，我满脑子都是他。我没有考上重点班，出乎所有人的意料，但在我的意料之内。可是我一点儿都没有后悔。

他从那天开始从我的世界消失了。我们六年多没见了。

我总是想，我下次见他，我会是什么样子。

我一共给他写过两首诗、几封信。

后来我放下他，开始新的生活。我不能在深夜里总想一个不可能在一起的人。

但今晚旬先生用他朋友的微信给我发了一条语音：“我想你了。”

我想你了。

这四个字太普通了，好像所有人都用它，是思念的最低程度的表达，有点儿冰冷。但这是他发给我的，我认为它是滚烫的。

他用朋友的微信，我却一下子就听出来他的声音。我不知道这是什么能力，毕竟我已经那么多年没见他。我点开那条微信，听完之后，晃神了。大概一分钟之后，我回过神来，发现我的手在抖，抖得过于厉害。我不知道我应该做些什么。我不能思考，我失去了我所有的能力。

我本以为他还会说些什么。

但旬先生并没有和我继续这次久违的交流。意料之内，这么多年了，我这个人，身无长物，玩物丧志。我觉得我真的很自作多情。

你遗憾吗？我总想这么问他。

可是这就像道伤疤，好不容易愈合了，旬先生就能轻易地揭开它，让它再次鲜血淋漓地展现在我面前。我不知道怎么去面对旬先生，我只是会在深夜睡不着的时候靠写东西来证明，他曾经路过我的人生，一起走了那么长的一段路。痛苦这种东西是没法下定义的，我不想却又忍不住点开那条语音，一遍又一遍地听。

我的窗外零零星星地开着几盏灯，电脑里放着电台节目，电台节目里讲着抒情的故事。

我突然觉得孤独。

旬先生对于我而言，是每次提都会让我难过的人。这种难过的感觉，我已经习惯很多年了。

我已经错过了早恋的年纪，但心脏跳动的频率是不会骗人的，我不能否认听到他说这句话的时候，我还是会像第一次见他那样心动。我总会不自觉地想起旬先生，每当我大大方方地跟别人讲我和旬先生的故事的时候，我都在揭自己的伤疤。

我总会想，下次看见旬先生，我要拼命跑过去，紧紧地抱着他，告诉他我这些年很辛苦。在那个陌生的城市里，我一个人总会难过，难过的时候只能自己躲在被子里哭，生病的时候连个关心我的人都没有。告诉他，我很想他，我曾经很喜欢很喜欢他。可是，我应该不会那样做。

我在旬先生之后试着喜欢的很多人，都很像他。或许鼻子像他，或许眼睛像他，或许身上的味道像他。

大家都知道我喜欢湖南，我差一点儿考上湖南大学。大家不知道旬先生是湖南人，我对那个地方的特殊感情最开始都来自他。

你一定要穿得暖一点儿，少熬夜。不要再抽烟喝酒，不要再混混沌沌过日子了。我送过你一只独角兽，那是我最喜欢的玩偶。你工作很累，要照顾好自己。你要永远幸福。

写完这些，我就不会再想起你了。

那些击中过我心脏的人和别人的故事

我们的一生好像都在砌墙，墙越来越高。后来我们只能看得见头上的一片四角天空，外面的人也越来越难看见我们，墙高到自己都推不倒的时候，我们就真正被囚禁在自己砌的厚厚高高的围墙里了。今夜灯火阑珊，请祝福我们推倒那堵自我筑就的围墙。

我这前二十年，遇见过太多人，那些深刻的东西，以我的年纪没法完全懂得，于是我更多写情爱。我阅历太少，有些道理和人，我写得太浅薄。我心思敏感，却又长情，于是会记得很多人，也会被众人影响。听了太多故事，自己莫名地也成了故事里的人了。

1

别再砌墙

那是很久以前，我的小学时代。

小时候，男生总是比女生成熟得慢一点儿，班里总有几个男生，很喜欢捉弄一些比较“特殊”的女孩子，以此为乐。

安特是班里很特别的女孩子。她小时候患过病，导致她走路、讲话都和正常人不太一样。她走路的时候双腿外翻，所以速度很慢，一不小心还会摔倒。

但安特很爱笑，即使她的病让她面部肌肉僵硬，笑起来并不是很好看。

她不是很爱说话，但是只要有人和她讲话，她都会微笑着回应。

虽然她有语言功能障碍，讲起话来都是以一种“呜呜”的声音在表达，但只要加上肢体动作和偶尔写下的字，我们也能明白她的意思。

但是班里总有一些男生嘲笑她、模仿她。那时候她的座位在我后面，我有时候能听见她一个人在悄悄地哭，她是个连哭泣的声音都很奇怪的女孩。

有一天安特拍了拍我的背，她递给我一张纸，是那种最朴素的浅绿色的数学作业本纸。我拿到手里后才发现，那是一张很精致的画，我虽然现在已经记不住清晰的画像了，但仍记得它是精美的，是一张超出同龄人水准的画作。

当时我很认真地赞美了她，她笑得特别开心，在纸上给我写了“谢谢你”三个字。那几个崎岖的字重重地撞击着我的骨和肉，我想说点儿什么，但又有什么堵在嗓子里，讲不出来。

后来班级里需要出一期板报，作为负责人，我把黑板的左下角留给了安特。

下课的时候，她在画板报；放学之后，她还在画板报。

那好像成了安特最珍视的地方，那段时间她把所有的心血都倾注在上面了。

最后板报的左下角，是一簇绿色的草，一只快乐的羊，以及一轮明亮的太阳。

大家都对她的作品啧啧赞叹，包括那些曾经欺负过她的人，他们自此也收敛了很多。

但好景不长。

同学们下课打闹，衣服把板报左下角的粉笔画擦花了。安特回来看见那被擦花的粉笔画，疯了一样开始吼叫、大哭。

我从来没有看见过安静顺从的安特这样情绪失控过，当时全班同学都被吓到了。

第二天没有人再和安特说话，没有人再理安特了，包括我。

那时候太小，只知道随波逐流，不能做和其他人不同的事情。现在想想，安特几次拍我的背我都没有回头的时候，她该有多失望。

心里的墙一旦砌起来了，就很难再推倒。

几天之后，安特转学了。转学前，她送给我一张纸，一直到她离开后我才打开。那是一张细腻的素描纸，画着一轮太阳和一个小女孩，下面还是用崎岖的字写着：谢谢你。

后来，我再没见过她。我有时候甚至幻想那种电视剧里的剧情，也许她在无人知晓的岁月里灼灼生辉，当然，也可能碌碌无为。

后来我读高中的时候，也遇到过一个那样的女孩，走路和说话都因病痛而与常人不同。幸运的是，班里的所有同学都很照顾她，女生们轮流扶她去卫生间，帮她穿衣服。我看着这个女孩，脑子里总能出现安特的样子。我不知道为什么，人懂事得这么慢，大家的体谅怎么不能分一点儿给小时候的自己呢？

我们的一生好像都在砌墙，墙越来越高，后来我们只能看得见头上的一片四角天空，外面的人也越来越难看见我们。墙高到自己都推不倒的时候，我们就真正被囚禁在自己砌的厚厚高高的围墙里了。

今夜灯火阑珊，请祝福我们推倒那堵自我筑就的围墙。

2

爆竹声声

初中的时候，羊先生和我做过几年同桌，那时候他瘦瘦小小的，总被别人要求做这做那，只要是别人不喜欢做的，都可以交给他做。

他太瘦了，好像一碰就会倒下去。

他不算聪明，却也不笨，不会的题讲一遍就能明白。成绩不上不下，长相不上不下。他的存在感低到我都不记得他也是我的小学同学。但是他活得挺快乐的，也有几个较好的朋友，羊先生有时候会和他们一起吃饭、打球。羊先生的家境也很普通，家里攒了很多年的钱，好不容易在那几年建了新房子，日子眼看着就好起来了。

后来，我上高三的时候，朋友忽然给我发消息说羊先生得病了，是从朋友圈水滴筹看到的消息。羊先生得的是白血病，如果没钱，几乎没治的那种。

图片上的羊先生更瘦了，头发都没有了，宽大的病号服好像要把他吃了一样，跟他格格不入。

那时候我所在的高中正在建孔子像，一尊孔子像要几百万元，救羊先生的命只要几十万。

羊先生家里把刚刚建好的房子卖了，把能卖的都卖了，也凑不够。可是那尊孔子像花了几百万元。

后来羊先生怎么样了，我不知道，或者说我害怕知道，我不敢打听。

孔子像落成那天，学校放了烟花庆祝。

那天空气不好，放完烟花之后，我就看不见孔子像了。

3

那年橘子还没熟

（1）

“别喜欢我。”这大概是橘子先生对京说得最多的话。

“不要，你管我。”每次京都这样回答他。其实京不太敢看他的眼睛，“坠入爱河”是她此生听过的最浪漫的词语，他的眼睛也是。

他每次说这句话的时候，京都忍不住难过。即使她的脸上没有什么表情变化，她还是觉得在破碎，他每说一次，京就碎掉一块儿。她生怕哪天无法拼凑出完整的自己。

他们做朋友做得不明朗，她也没本事让橘子先生爱她。

汹涌的爱意只会吞没泛滥成灾的思念。是遗憾，每一分每一秒都遗憾。她明知道结果，却还是抵不住自己热烈的感情。

其实橘子先生对京很好。但拥有那些比别人多出一点儿的爱，她不知道是好事儿还是坏事儿。

（2）

其实京在两年前开始喜欢他的时候，没想到这段故事还有第二集。

京大一第一次见他的时候，叫他学长。她对橘子先生的第一印象很好，他是温柔的脸上总挂着笑的男生。

后来的见面是在京参加的第一场晚会上，当时她只是那场晚会里最低级别的工作人员，做着打印台本的工作；他已经是部门的部长了，活跃在各个活动中。

他酷酷地坐在椅子上，京看着他，心跳就不由得快起来。

当时她过于渺小，没有什么存在感，只能默默地看着他，能见到他就是很快乐的事情。

后来京成了负责人，一次彩排的时候他过来，她正在因为工作人员的失误大发雷霆。余光看见橘子先生的身影的时候，京忽然就紧张了起来，说不出话。

京不想让橘子先生看到她情绪失控的样子。

“我又没有哪里不好。”每次他看着京说不喜欢她，京都这样说。可是她心里想的是：我没有哪里很好，不喜欢也是在情理之中的。

京一次又一次地爱上他，在所有瞬间，以每一个角度。以后的所有卑微，都是在为她第一眼的深陷沉沦而买单。她的爱太轻，轻到她觉得煞了他人生的风景。京已经尽力爱他了，她已经很努力很努力了。

要是他们两年后没有在一个恰好的时间偶遇，京甚至和他任何交集都没有。

但就是那样遇见了，恰好的时间和场合，像所有电视剧里安排好的情节一样，京又一次沦陷在他的眼神里。

越来越想近一点儿，再近一点儿，有些事情想重来，又想重来。

如果重来一次，她一定会在那时候温柔、克制又礼貌，在酒吧的灯光下敬一杯酒就离开。

早知道会这样就不第二次爱上他了。

他们偷偷在餐桌下牵手，他只有在沉醉的时候才会紧紧握住她的手。他轻掐着京的脖子接吻，等到喘不过来气的时候放开她。京怔怔地看着他的眼睛，再用臂弯揽过他的脖颈。

和他相处的日子里，京每天都感到快乐和幸福，她想不出更恰当的形容词来形容那种每天脸上都是笑容的感觉。

（3）

有一次出差，有一周没见他。京结束工作的那晚，橘子先生来和她一起吃饭。

那天晚上下着很大的雨，京其实很怕他说，下雨就算了，改天吧。

因为之前和喜欢的男孩子约好吃饭，那天下雨，那男生说："雨太大，算了吧。"后来京很怕和别人约会的时候下雨。

但是橘子先生没有，他只是说："找地方躲雨，等我。"

橘子先生穿着白色的卫衣从车里走下来，京躲不开他精致的五官。

京后悔那晚带了伞，不然就可以和橘子先生共撑一把伞了。如果可以跟他共撑一把伞，她不想天晴。

那晚橘子先生喝醉了，他看着啤酒的泡沫说那是芝士奶盖。

他坐在窗前跟京说："你知道吗，我知道你今天回来，我本来想开车去接你回来的。"

京不会被情话打动，不会被鲜花打动，但是会被他一句无关紧要的"我想开车去接你"感动得一塌糊涂。

她没有问他为什么最后没来，也不想知道。她只知道那一刻他心里有过她。

有一次橘子先生给她做饭，蒸了肠粉，煎了滑蛋，还煎了牛排。

他做饭很好吃，京也不知道为什么同样的食材他做就好吃。

牛排做了两份，橘子先生说给她的那份嫩一点儿。

"有孜然吗？"

京可能是第一个吃牛排放孜然的人。他实在看不下去京在牛排上放那么多孜然，伸手把孜然罐子放到了柜子的第三层。那个位置的东西平常京要踩一个小凳子才能够到。

京跳起来都够不到，气鼓鼓地直跳脚。

他们都喜欢养花，后来京也会给他的花瓶换水。去他家的时候，发现他的花枯了，她会顺手买一束插到他的花瓶里。

他说他家是京的殖民地。

知道他是广州人的时候，京就已经可以想象他说粤语时的样子了。她太喜欢听粤语，磨着他说粤语，他不肯讲，但是会在京闹他的时候用粤语来哄她。

其实京很怕他离开，她习惯了橘子先生的温柔，习惯了他对自己好，习惯了每天和他分享日常的琐碎。他去旅行的时候，会拍下窗外的星星送给她，还有昼夜的分割线，橙色的光像流动的风，吹过静谧的原野和草场。

橘子先生一直没有实现开车带她去钱塘江的承诺。她每天都给他分享杭州好吃的地方、好看的景色，希望有一天可以一起去。

她喜欢那种炙热的感觉，特别是非常热烈的那种，这样才能感觉到那是感情。可是生活中往往没有那么多热烈的感情，所以不热烈的感情也是好的。

橘子先生不知道京喜欢他什么，他问她的时候她从来不回答，因为她说不清楚。

他说他不讨厌她，但是有些感情是没法培养的。

他在冬天穿得毛茸茸的，抱起来应当会很舒服。

他说他是利己的人。他的胃不好，京总能看到一板又一板他吃完的胃药壳子。

他说浪漫的尽头是海。京很想和他一起去花垣和恒春，想和他一起旅行，拍张合照。

他喝醉之后就是诗人，他们在出租车上接吻，他们在月亮下恋爱。

京想和他去看夜晚的海，在月亮升起的时候接吻，影子落在沙滩上，上帝和星星都祝福他们。海风吹乱她的头发，她可以醉倒在黄昏的海岸线。

（4）

京去他家的时候，有时候他还没有睡醒，睫毛贴在眼睛下面，随着呼吸轻轻颤动。他的睫毛好长啊，轻轻用食指碰他的睫毛，他便一皱眉，把下巴埋在被子里。

地板上的地毯是京买的。

“家里没地毯。”

“那我买一块。”

京觉得他挑的卡其色地毯很丑，没想到铺在地上却出人意料地搭配。

杭州的冬天来得过于快，京工作到很晚，在沙发上睡着了，早上的时候一直翻身，他问怎么了。

京说，冷。

橘子先生就拿毯子裹着她，把毯子的边缘塞到她衣服下面。她睡得迷迷糊糊，喊他的名字，拉着他的手抱了一会儿，才又睡着。他温柔极了，一点儿一点儿地把毯子又塞了一遍。

他有时候极度温柔，有时候极度冷漠；有时候眼神里满溢深情，有时候眼神里又充满了疏离。

京无法通过他的眼睛看见更内在的东西。

很久没人对她这么好过了。

即使她知道随时可能失去他，也抗拒不了喜欢他，京知道他不爱她，她拥有不了他许久的。

京常常问他各种问题。“我怎么知道啊。”他总这样跟她说。

京的疑问句，他会说“我怎么知道你啊”；京的祈使句，他会说“下次”；京的每一次表白，他会说“别喜欢我”。

后来他们还是不再联络了，正好是秋天过后，冬天来临，这季节交替的时候。

原来失恋是这么难受的。京喝了很多的酒，抱着被子在深夜痛哭，眼泪肆意流淌，她不知道人还能这么难受。

她一个人去了钱塘江，原来也没想象中好看。

原来最后的浪漫，是要歇斯底里才能体悟。真的不知道人怎么能这么爱一个人的，原来是可以这么爱一个人的，原来难过是可以要命的。

京其实是个很有生活情调的人，喜欢浪漫和自由，但她不会及时止损，只会让自己不值钱的爱肆意漫开，最后滑倒的还是她自己。

大概是她太主动、太快地爱上，让橘子先生觉得她的爱很容易，但是他不知道也有喜欢了京七八年的人，也有京第一眼就看上并爱了很久的人。

京靠着对他的回忆和思念，还能再独自坚持喜欢他一阵子。真的很想某个人，想“啊”破喉咙地想，可是只能在脑子里一遍又一遍地想啊想。

他只出现了那么短暂的时光，却在京心里胜过所有人。早知道可以拥有他的时间如此短暂，就把在一起的每一分每一秒记录下来了。不对，其实京一分一秒都不曾拥有过他。

她不戴眼镜在夜晚的路上散步，看灯光变成星星，听着悲伤的歌。喜欢的人都是突然遇到的，京放过他，也放过了自己。她以前以为，只要足够爱他就好了，只要浪漫就好了。

罗翔说：“人不能永远浪漫下去，那会走向自我毁灭的，浪、漫，都是水字旁，会把人淹死的。”

今天立冬，寒风渐起。这个秋天使一个人变得深刻，这漫长而又寒冷的冬天又让人遗忘掉这些故事。

“故山秋最好，今日断相思。”

4

那么多普通人

小乔同学是我的初中同学。我小时候时常被教育：只要努力，就可以得到好成绩。我也是那样做的，上课认真听讲，课后认真完成作业，再额外多学一点儿知识，果然我的成绩还不错。但是小乔同学比我努力得多。她的草稿纸一本又一本的，她下课从不休息，在座位上头也不抬地演算，但是她成绩平平——中下水平，五十个人的话，在第三十七八名的位置。

她省吃俭用，当时一元钱一根的烤肠，她一学期只吃一次。这并不是夸张，因为她从不去学校的商店，也不吃零食。于是她每学期期末买烤肠，会被大家当作一种固定仪式。

我感冒的时候，纸巾的用法就是抽出两张，折叠，擤鼻涕。但是小乔同学要把一张纸分开：通常一张纸是三层，但她的纸好像只有两层，拿出其中的一层，再撕一半。

她已经节俭到了一种尽人皆知的程度了。

我没有觉得节俭是件不好的事儿，我们作为小孩子，不能挥霍家里的钱。毫无疑问，小乔同学一定会为家里省很多钱。但她这样的行为，总让我有种说不出的感觉。

她长相一般，每到冬天，脸上就布满了红血丝，加上她的红围巾和红棉袄校服，倒也和谐好看。

她看不清黑板，却舍不得配眼镜。她的数学本来就是弱项，她因为看不清演算过程，更跟不上了。后来她在初三终于配了副眼镜，那天早上她戴着眼镜，脸上全是笑容。

她没考上重点高中，后来我再没听到过她的消息。我以前总觉得我的生活太普通，我没有出生在发达的大城市，没有从小被逼迫学习各种技能，没有一张很漂亮的脸，但后来我真的觉得自己足够幸运：我能够努力就获得成绩，我出生在一个能够满足我物欲需求的家庭，我爸妈给了我一张还看得过去的脸。

世界上最多的不就是普通人吗？他们那么努力，却达不到一些人的起点。其实想想，小乔的学习方法是有问题的，性格上的缺陷让她不能与其他人搞好关系，其实她本可以更好一点儿的。

其实，我觉得小乔同学觉得自己是幸福的。幸福是自己给自己的安慰，她那么努力，不放弃，一定会幸福的，我希望她有好的结果。

5

下次做被深爱者

加盐从长沙回来了，前几天和她一起吃饭，她提起和方轶的故事。

她莽撞又真挚的感情，还是画了句号。以前她的眼神里全是清澈和快乐，现在只剩下平静和悲伤了。

她从来都没有无缘无故地喜欢过一座城市。

加盐喜欢长沙，方轶在长沙。

她是北方人，不是很习惯南方湿热的气候，忽然下起的瓢泼暴雨，忽然放晴的天空，无时无刻不牵动着她的神经。

加盐第一次看到方轶是在大巴里。刚刚下班，大家在车上挤来挤去，她好不容易坐下，这时方铁低着头走过她面前，她没有看清他的脸。大巴昏黄的顶光，洒在他的头发上。

感情这件事儿，上天早就安排好了。第六感和磁场是不会骗人的。

你觉得会和你发生故事的人，一定会发生点儿什么，或少或多。

她第一次去方铁家，蹦蹦跳跳地光脚走进去，方铁说：“你穿拖鞋呀。”

她默默地停下小声说：“我在家里不习惯穿拖鞋。”

方铁默默地叹气，笑着接过了她的包：“那我再拖一次地板好了。”语气里都是宠溺。

他们在傍晚的西湖旁走得很慢。远处波光粼粼，被夕阳染了色的云很好看，橘色的光打在他的脸上，他讲什么话加盐都听不进去，只能听见心脏的跳动声。

他们在半夜十二点的马路上散步聊天，方铁给她讲很多做事情的方法和原则，走路的时候让她走在里面。

方铁是个温柔的人。加盐喜欢摸他软软的头发，也喜欢把脸埋在他的怀里。她觉得她一碰到方铁，就像冰碰到火，可以柔软得一塌糊涂。

她还以为，这辈子都不会有那种只聊聊天就会嘴角上扬，在床上开心得踹被子的时候。

她一直想要童话里的爱情，想要偶像剧般的相遇。

其实她本不是个懂事的人，小脾气很多，可是在方轶面前她总是小心翼翼的，扮演着她觉得恰当的角色。她并不是很成熟，但是她知道，她应该那样做。

她就该是那样的。

方轶眼波温柔，但她从来没在他的瞳孔里见过自己的模样，她溺死在他阵阵汹涌的眼波里，连挣扎都不想挣扎。

方轶对她冷暴力已经有一阵子了。

那晚，她在只有她一个人的电影厅，安安静静看完了一整场电影，然后决定离开。

离开的前一晚，加盐拦了一辆出租车，让司机师傅随意开，沿着长沙最好看的夜景开。

车窗半开，窗外带着温度的风吹在她的脸上，脸生疼。她的眼泪还没流下来，就已经被吹干了。

秋天是在措不及防的时候突然来临的，但这个夏天格外地让人怀念。她翻着手机相册里的照片，这个夏天好像什么都没有做，但是怎么有那么多的回忆？她怀念和方轶相处的日子，享受被他照顾的日子，享受能在他身边安安静静做个小孩子的时候。

她是正好在夏天结束的时候离开长沙的。可能这就是命运吧，正好赶上季节交替的时候。

离开长沙的那天，方轶吻了她，温柔得不像话。她好像要把自己融化进方轶的影子里。

她知道这个夏天，热烈凄切，结束了。

好像所有的人都是突然出现的，在让人始料不及的某一秒钟，出现得恰到好处。时间是正好的，温度是正好的，身边的空气是正好的。能遇见是很有运气的事情，尽管有些事情从开始她就猜得到结局，头破血流、痛不欲生，但下一次，她还是选择这样做。

能够遇见谁，和他发生什么事情，就好像是上天的安排一样，所以回忆起这个夏天，怕是有很多遗憾：没有和他一起坐摩天轮，没有吃他亲手做的饭，没有陪他过生日。

因为疫情，长沙的灯少了很多，这座城市没了灯光的点缀，少了很多味道。

她觉得她用最浪漫的方式，结束了自己的爱情，那是最好的结尾。

没有遗憾的人生不叫人生，她的人生中的每一次幸运，都是伴着遗憾。她头一次在凌晨五点赶飞机，长沙的朝阳她第一次见，气势磅礴，喷云而出，那样鲜活勇敢。

因为害怕失去，加盐让自己受了很多委屈。她后来才知道，没有人会珍惜一个委曲求全的人。

她骄傲得很，从小到大，只为爱情低过头。但是以后的日子，平淡如水的日子，她再也不希望情绪有起伏了。明明她不是最先开始的人，明明她一开始以为是方轶喜欢她，她才喜欢他的，怎么到了最后，要这样委曲求全？

她睡前想的最后一个人是方轶，起床后想的第一个人也是他，可是她知道，她不应该这么爱他了。

下次，做被深爱者。

6

我们一起，暮色四合

说来奇怪，我和可乐小姐认识的时间其实并不久，但是我们很合得来。

她总是让我牵挂。我们对待感情有很多相似的地方，因此我担心她。她在我面前总是开心的，但我知道她并不是总那么开心。她跟我说，聪明的人总是爱得少、说得多，笨的人才说得少、爱得多。道理她明明都懂。

这个傻丫头，从来都不会让别人担心。但是她越这样，就越让人心疼。她是个极温柔的人，每当我哭哭啼啼的时候，她就会说一句："等我回来找你。"

每个我几近崩溃的晚上，她都会陪我坐在寝室的六楼半，一直聊到下半夜。我所有的不开心都会因为她的陪伴、她的理解、她的安慰而烟消云散。在那段艰难的日子，如果没有可乐小姐的话，我可能已经买了去旅行的机票——我想不出还有什么其他可以纾解心情的方法。

她和别人不一样，她特别懂我，不是站在高处审视，而是真的理解。

挺神奇的，我居然觉得自己有了可乐小姐之后，就不是一个孤独的人了。

有一天晚上大家一起去喝酒，可乐小姐哭了。我第一次看见她哭。原来不是每个人都那么开心。她说，她也不想总当那个照顾别人的人。这句话我听着心里五味杂陈。

那晚我喝了很多的酒，却非常清醒，没有一点儿醉意。

夜晚所有的情绪都会被放大。我想我也会成为照顾可乐小姐的人，让她能够在喝多的时候不会因为这件事儿而流眼泪。

可乐小姐是我的可乐。气泡水不仅解渴，而且甜度满分。

她好像已经是个成熟的人了，或者说比我刚刚认识她的时候成熟。我不想去剥她的壳，我想对可乐小姐更好一点儿，可以做一个保护她的天真的人。

她和我在内心深处的某个地方频率是一样的，共振是一种难得的恩赐。

我和她可以从天亮走到天黑。因为正好是春夏之交，我看见路边有卖花的小贩，以后每年的春夏之交我都要送可乐小姐一束花，这是很棒的仪式感。

我们看见学校的池塘里撒满了残败的花瓣，但是很好看，孤凄的美感，我见犹怜。

后来我们在学校里听《暮色狂奔》，看天空上星星闪烁，要知道杭州这地方一般是没有星星的。

后来我们回归现实。

“写封信给我吧，我放在书里。”于是有了下面这些文字。她管我叫原山小姐。

前几天原山小姐突然来找我，说：“你给我写封信吧。”我说：“好。”

我们俩的对话总是这样，简单直接，是心照不宣，也是不知不觉中达成的某种默契。

原山小姐是工作狂，这点毋庸置疑。我窥见她的疲惫，多少次想开口说你不要让自己这么累，却都咽了回去，因为我知道这就是原山小姐，是停下脚步就会失去灵魂的原山小姐。我能做的，只有在她每次拉起我的手邀请我一起向前走的时候，毫不迟疑地说“好”。

这是一封来自可乐小姐的信，愿你展信佳。

相知相惜，说来容易。我是非典型摩羯座，懒惰务实，有时理智得几乎不带感情，反对一切浪漫主义；原山小姐则善于在感情里燃烧自己，嘴上最常说的话是永远崇尚浪漫，拥有一切狮子座所应具有的特质。性格、生长轨迹大相径庭的两个人相遇了，却画出缠绕的曲线。

我反对浪漫主义，却总是抗拒不了浪漫，身为一月出生的摩羯座，最讨厌的事情却是规划，最擅长打退堂鼓和躺平；而原山小姐拥有绝佳执行力，人生规划清晰有条理，在她的窗台上花束常年吊起，这是属于她的浪漫。互补的两个人脚印交错，也就这样肩并肩走了很远。

原山小姐热爱规划，不仅喜欢规划自己，更喜欢帮别人规划。多少次我们一起走着，她就会突然抛出问题，想把我的人生都敲定在今天的这条路上。高中的时候，觉得人生处处是奔头，我目标明确，每一步都迈在通往成功的路上。而现在呢，生活似海，无涯无边，海的尽头是雾气四散。我不敢说。

我是羡慕原山小姐的，羡慕她知道自己想要什么，羡慕她敢于畅想未来，羡慕她眼睛只望着自己想去的方向。

果敢，沸腾。

原山小姐实在是个小朋友，用她自己的话说，就是“赖叽”。每次一起出去，她就会像个挂件一样吊在我胳膊上，晃晃悠悠，晃晃悠悠。我时常觉得自己像她的家长，要管着她，不让她贪吃，又要在她流泪时帮她擦眼泪，给她讲道理。可就是这样一个小朋友，偷偷地以自己的方式照顾着我。

我第一次喝多是在原山小姐的身边，那天我才知道原来自己喝多了也会哭。

我一向很擅长接受：接受宿命，接受选择，接受分离。于是我常常羡慕别人会哭。人的心里是有闸口的，我的闸口锁死了，把抗争、挥拳、呐喊、嘶吼锁在外面，把号啕锁在里面，每一立方米的沉默都化作心口穿堂风呼啸而过。每打开一次自己要用尽好多个冬天攒的勇气。

好想拥有鼻酸的能力，这是我的身体在帮我记忆。

所以当原山小姐说，她可以一直在我想哭的时候抱住我时，我感到了前所未有的安稳感。那些夺门而出我都忘了，跟在背后的一步一步的追逐我也忘了，捂着眼睛不让对方看见的眼泪我也忘了，我只记得那一刻她怀里好闻的洗衣液味道。

我用一生追逐，拼命想要找回曾经勇敢鲜活、生命力洋溢的自己，每一步却都像踏在悬崖边上，悬而不决的恐惧吊在我的头顶，让我终日不得安睡。

感谢原山小姐，让我重新鲜活。

感谢原山小姐，让我可以在她这里做一个放肆流泪的小孩。

有一阵子，原山小姐突然爱上了看 CBA。有一天她对我说，想去青岛看 CBA，晚上的时候她就发来了在青岛的照片，一个人在酒店里啃着螃蟹，过得肆意而快活。人都是越长大越觉得自己丧失了好多，勇气在流逝，浪漫无处安放。我曾信誓旦旦说过的永远疯狂，多少次在风里听不见。所幸在她的身上，我找回了一点儿勇气。我想我就是这样一点儿一点儿地接纳了浪漫。

原山小姐，你说得很对，永远不要低估浪漫主义。

如果每一次为感情受的伤都具象化成一堵墙，那么我已经无数次看见原山小姐撞在这南墙上，我知道自己拉不住她。好多次灯光昏黄，她看着我说，自己从来没有这么难过过。眼睛眨得很好看，我都在想，这么好看的一双眼睛，为什么总是为不懂得珍惜的人流眼泪。我觉得她傻，这句话我说过无数次。但是这傻，是我不具有的真诚无畏。飞蛾扑火，当被火舌卷舐翅翼时，所怀有的是不是也是这样的一腔孤勇。

就往今天踩吧宝贝，踩现在，踩下一秒。别怕后悔，也别怕流泪。即使明天，路远马亡。

做朋友一年，原山小姐真的道过很多次歉，应该道的、不应该道的，大大小小无数声“对不起”，横亘在我的记忆里。所以我总是心疼她。这样要强的一个女孩，最常挂在嘴边的话，不该是“对不起”。她总是太过在意别人的感受，很多事情明明没有做错，也要委屈巴巴地说“那我给你道歉嘛”。所以我们都曾假装愤怒地告诉她，再让我们听见你道歉，我们就真的要生气啦。

我们是朋友，很多事情不用这样在意，在热气腾腾的世界里，朋友是去掉所有的小心翼翼后仍保有的诚挚。

刚认识原山小姐时，她还没有这么多头衔与前缀，每天所要担忧的事情也不过就是眼前的一点儿学业和情感。现在她的事情多起来，心事多起来，肩上的担子越来越重。我们的联系远不如以前多，她有一个我看不见的世界。我没有试图走进去，我知道她会为我保留一个角落。

原山小姐这个学期有了一个自己的小家，面积不大，暖色的灯光摇曳着，很温馨。她邀请我去她家里做客，进门换上素净柔软的白色棉拖，窝在沙发里等她给我煮一碗芋圆。我们俩已经很久没有面对面好好说话了，我们有各自的朋友和各自的生活，有各自的前程要奔赴、要努力。望着她的背影，我一瞬间有些恍惚，觉得已经这样过了好多年。我们聊如今的生活，聊各自情感的困惑，聊错过的那些人和回不去的时光，然后恍然发现不过短短一年，已经有那么多人走出了我们的生活，说完了这辈子对彼此说的最后一句话。

我想，我和原山小姐以后会生活在不同的城市。也许某一天我们想念彼此，就会不远千里地奔赴对方所在的城市。我还会像今天一样，敲响她的门，一进门就踢掉鞋子，赤着脚踩在地毯上。两个人醉醺醺的，窗外是无边夜色，仿佛大学时候的一切就在昨天。

2020 年秋，寒潮早袭，我遇见了好多人，作别了好多人。西子湖畔的奔跑和电影院里偷偷牵起的手卡成一帧一帧的静止画面，占据我的心口，又泛黄湮灭。但也正是在 2020 年的秋天，我成为可乐小姐，见证了原山小姐热烈真挚的十九岁。我愿意守护她的脆弱，我可以允许她永远炽热而又鲜活。人无再少年，但在朋友这里，我们都可以永远做少年。

那天原山小姐跟我说她要出书了，书里有我。“我最大的浪漫就是把你写进书里”，她把这句话送给一个在她生命里占据很大分量的男孩，但我偷偷替她把这句话送给我自己。“我最大的浪漫就是把你写进我的书里，甚至这本书里，还将出现你写给我的信札。”——我最大的浪漫，就是把你写进你自己的书里。

最后的最后，还有一些话想对未来的你说。

嘿，原山小姐，或者叫你曾岩，我是可乐小姐，可是可口可乐的可，乐是可口可乐的乐。不知道你现在过得开不开心，朋友多不多，会不会偶尔想念我。

以后不要再委屈自己啦，天大地大，自己最大。没有做错的事，就不用勉强自己道歉，不想答应的事情，就要勇敢拒绝。自私一点儿没有错。知道你还是会勇敢地去爱去恨，但是要记得给自己留余地、留退路，爱得莽撞热烈，有时会换来玉石俱焚的坠落。有所保留也不是罪过。

有一句祝福的话很俗套，但我还是要送给你，希望你天天开心，偶尔想我。

我不喜欢看暮色四合，除非你成为我的暮色。

祝我们终身自由浪漫，我会永远做你的可乐小姐。

沈思瑶

落日染尽长江水

赵培炎，我最大的浪漫就是把你写进书里。我情愿以后我的笔下再写不出惊世的句子，我也要把你深刻在我的生命里。

2021 年的 12 月 25 日，圣诞节，杭州下了第一场雪。

我数着自己心跳的次数。我很熟悉这频率，极度心动的时候，大概就是一分钟 120 次。我是十足的浪漫主义者，我的书里没有别人的名字，除了他。

“赵培炎，我最大的浪漫，就是把你写进书里。”

1

浪漫划过晨昏线

决定又去武汉，是因为很久没见玫瑰小姐了。她身体不是很好，牵挂了一周，还是打算去看看她。很久没和她一起看日落了，我想着长江的日落应该是好看的。她说，我们一起看了太多个城市的日落。

如果她不在武汉，我可能这辈子都不会去这座城市。

买了晚上的机票，我喜欢一个人在夜里坐飞机。每次飞机从滑行到起飞的时候，我都会想很多事情，这段时间里面最深刻的记忆和最思念的人就会一股脑儿地涌进脑海里来。

我很喜欢看航站楼里那被落地玻璃分割的阳光，像是在送别、在纪念。机场的播报语气冷静，所有赶路的人行色匆匆，我看见形形色色的人拖着大大小小的行李奔忙，有中年人，有年轻人，奔向世界上不同的角落。他们各自带着不同的故事和目的，在这城市留下一些七七八八的记忆，再什么也带不走地离开。机场是个冰冷的地方，它承载了太多的感情，却又从来都冷眼旁观。在机场，你会忽然觉得很多事情都没那么重要了，对于很久以来想不开、放不下的事情，就在一瞬间释怀了。

坐飞机的时候，是离星星、月亮最近的时候，我在飞机上看过日出日落，看暖橙色的光割裂白日和傍晚。

飞机起飞的时候，我的脑子里全是赵培炎。

我不知道应不应该把别人写进书里，我怕我之后会后悔纪念这些人。我写赵培炎会后悔吗？我不知道，但我就是写了。

要知道，当作家是一件幸福的事情，能够把所有想记录的、想表达的，传达给更多的人，小众的观点可以找到共鸣，自己的故事也有无数的倾听者，所以写故事的人多是表达欲和倾诉欲都很强的人。

浪漫还得是作家。

我情绪热烈，自由浪漫，但我时常感到孤独。不是孤单，是孤独。现在的人多爱养动物也是因为孤独吧。

每个写东西的人都有独属于自己的习惯，我喜欢坐在地板上写字，暖黄的灯光和迷蒙的夜景，电视用作音响，放着写东西专听的歌单，桌子上放着我搭配的花束，或者像现在这样在飞机上写下这时候思念的人。

我写书，我把他写进我的故事里，这很像画家。画家画人的外形，我画故事，画我和他的故事。

后来我发现，我不是作家，我只是个写故事的人。

我要你这辈子记得我，再没别人会把你写进书里，虽然卑鄙。

2

偶像剧是成年人的童话

我是在朋友们的聚会上遇见他的。见他第一面时我很平静，不是浪漫场合，也没有什么巧合和偶然。

点甜品的时候我第一次注意到他，因为他也点了杨枝甘露。我只喝杨枝甘露三分糖，他喝五分糖。

那晚有个游戏，要两个人一起编一段爱情故事，我们莫名其妙地成了一组，他讲的故事很动人：女生身边的人都不幸，甚至青梅竹马的男生也得了病，他想要努力地救自己，是为了让女生相信，她不是一个会让身边的人变得不幸的人。

他希望救赎她。

我生来顺遂，唯有爱情处处牵绊，折了我太多的热忱和情感。我一直觉得自己没法得到好的爱情，包括旬和段，我都不能说他们是感情里的良人。我觉得自己可能这辈子都没法遇见、没法爱上一个很好的人。

我没人爱，也无法爱人。

然后，他讲了这样一个救赎的故事给我听。

他的眼睛好看，我喜欢眼睛好看的男生。可能是因为那晚天上有很多星星，杭州很难看见星星，但那晚就有，他讲故事的时候，我的心脏收紧了一下。

他的性格很平和，话比他朋友少。我其实更喜欢闹一点儿的人，但是他不闹，我觉得也很好。

虽然很仓促，我还是保持了自己一贯的风格，在一瞬间喜欢上一个人，但是喜欢他这件事让我很快乐，因为他是很好的人。他让我知道，我也可以喜欢很好的人。像他讲的那个故事一样，我那么多年的桎梏好像突然没了，原来我也可以喜欢一个很好的人。有人说在爱情里面极度难过之后没法热烈地喜欢别人，但是我觉得喜欢他实在是一件治愈的事。

我从来没暗恋过谁，我这张扬的性格，喜欢一个人恨不得要让全世界知道。但是对他就不一样，我在他面前说话都变得小心。暗恋不是件很容易的事儿，我很怕他发现我喜欢他，我怕和他连朋友都没得做。可以和他做很久的朋友，我已经觉得很幸运了。我以为自己足够好，在别人面前足够自信，足够让很多人称赞。我在别人面前骄傲自满，唯独在他面前，说的每一句话都要仔细思考，我怕他讨厌我，觉得我是个麻烦的人。

我自卑敏感，这一面从不示人，在他面前却展现得淋漓尽致。在他面前我安静了太多，原来我长大后，是这样喜欢别人的。

3

蛋挞不甜

那次朋友们都在，为了送我亲手做的蛋挞给他，我做了一堆蛋挞，够分给每个朋友，然后蹦蹦跳跳进了房间，装作平静、无所谓地丢在桌子上，说："这是我做的蛋挞，你们尝尝。"

我的眼睛不敢看他，我怕我撞到他的眼神就会闪躲，接着做出不自然的表情来，那可就糟了，暗恋可是不能露馅儿的。

朋友们已经开始吃了，他还没有去拿，我有点儿紧张，万一他没有吃怎么办，岂不是白费我辛辛苦苦那么久。我厨艺不精，笨手笨脚，只能做些简单的甜品，于是兴致勃勃地学着做了蛋挞：有的时候会煳，有的时候又不熟；有的时候太甜，有的时候又没有味道。我一点儿一点儿地调节糖和淡奶油的比例，想要做出适合他的口味。他点杨枝甘露总是五分糖，他大概不喜欢很甜腻的夹心吧。

“这是每个人都有份儿吗？”终于，他问。

“可以啊，你拿着吃呗。”我的语言系统像乱掉了一样，他问我的时候我紧张得手心出汗，我无所谓、平静的表情下面是心脏怦怦怦怦地跳着。

呼，这么久，幸亏没有白费。他吃了就好。

从认识他那天开始，我就是个写书的人。从喜欢他那一刻起，我就决定写下这些方块字。文字冰冷，加上他的名字，倒也变得温柔起来了。朋友说，你确实是个浪漫天才，但是他什么都不知道。

4

调值偏低

他第一次评价我，是在一个空气里没有水汽的夜晚。窗外的灯明灭不定，本该繁华的路上没有一辆车。他看着他的朋友说：“你觉不觉得她调值偏低？”“调值偏低”明明是个冰冷的专业术语，东北话本就是“调值偏低”的，但是我怎么觉得这四个字这么浪漫。

我们在剧本杀里做过四个小时的情侣。那场游戏里要喝酒，酒精让我的大脑和泪腺都不受控制。在那四个小时里，他的眼睛亮闪闪的。他对我告白，我知道那是假的，可我还是骗自己，起码那一秒那句话是对我说的。剧本里写道：你们本来打算一起爬山看日出，最后没看到日出，就一起看了日落。

后面我也和他说了“我好喜欢你”，但我是真的想说那句话。后来我们真的一起看了日落。

我们离得那么近，却又天南地北。

想来可悲，我只能借着那游戏里的身份和他表白，我总觉得我应该在自己变得更好的时候利落地站在他面前，不自卑自怯地躲闪他的目光。

所以我不想和他再见了，就让我和他离别后再见。

5

这是我忍住没和你讲过的话

那天在武汉长江大桥旁边，我看了一场很久的日落。那天是五点三十二分日落，长江水被夕阳浸染，从金黄到橘红，轮船的汽笛声悠远，穿透了整片江水，震憾了我的眼睛。

没人能写尽自然。

我翻朋友圈的时候，发现他在珠海也发了一条看日落的朋友圈，在我之后半小时。我们该是看了同一场日落。原来，我们真的有一天看了同一场日落。

从那时候开始，我喜欢上了所有的日落。现在在飞机上，我把这些忍住没和他说的话写下来，就没有遗憾了。

赵培炎：

这是第一次写东西给你，我在夜晚的飞机上，听着喜欢的歌，看飞机在跑道上滑行。

我的旅行总是来得突然，我喜欢在晚上坐飞机。自己赚钱之后的第一件快乐的事儿就是不用再为了一晚的酒店钱而起早赶飞机，生活里的幸福感不就是这么一点点儿来的？

小培，我挺喜欢这么喊你的，虽然按礼数应该喊你师哥。

小培，你编的故事过于动人，我从小就喜欢听故事，因为故事里的事情奇妙，总让我觉得现实也可以发生。我相信世界上会有人像故事里的人那样爱我，我曾经因为恋爱太难过，我喜欢的人都是不太好的人，我一度以为自己没法喜欢一个好人，遇见你之后，我才知道，原来我也可以喜欢一个很好很好的人。

谢谢你救赎我，让我变得好起来。喜欢你的这段日子里，我每天都开心地生活。要是能见到你，那前一天、当天和后一天，我都会很快乐。喜欢你的时候我的写作效率好低。你知道我只会写悲剧的，可是喜欢你的时候这么快乐，该怎么写那些悲伤的句子呢？

小培，这世界上的巧合太少，少到我记得我们的每一个巧合。我们在楼下的相遇，我们异口同声的回答，我们默契十足拿了第一名的土豆游戏，我们看过同一场日落。暗恋很辛苦，可是我每天都会因为喜欢你而感受到生活的意义。

我不敢找你说话，那窄窄的微信聊天框，我总要反反复复地一次又一次地打字，最后都没有发给你，我怕你觉得我的喜欢太廉价。

其实我本不是个畏畏缩缩喜欢暗恋的人，我喜欢别人的时候张扬热烈，恨不得每天都站在他面前，可是遇见你我不敢了，我只能在梦里偶尔见你。本来梦不到你的，写你写得多了，你也成了我梦里的人。

小培，我多想把这些话当面讲给你。我不知道我那天借着酒劲儿怎么能握你的手那么久，我第一次和你牵手，竟然是因为喝酒，就连那天的月亮和空气的温度我都记得。那条路怎么不能再长一点儿，再长一点儿我就可以久久地牵着你的手了。

飞机快落地了，2021 年要结束了。

这 2021 年的末尾，我遇见你，是让我开心极了的事情。我们没有朝暮，只有那些平静的片段，却够我怀念与记录。

我想我在以后的茫茫人生里也一定会记得你给我的治愈，这是你带给我的独一份的解药。

小培，在认识你不久的时间里，我突然后悔之前的人生没有好好努力，怎么没有在第一次见你的时候，就是我最好的样子。

小培，我不知道我怎么和你说喜欢，见到你的时候开心；见不到的时候，觉得要死了。我从未觉得自己在爱情上得到过丝毫的好运，为此我也一直觉得自己其他方面顺遂，是因为我在爱情里吃了太多的苦。可是遇见你之后我害怕了，喜欢你的日子太美好了。

我希望我可以喜欢你久一点儿，我可以靠着回忆，喜欢你很久。

小培，这人生短暂，我希望你要一直好，我怎么能写出这么朴素的话呢？遇见你的时候我语言苍白，那些华丽的话不会写，也写不出。这是我对你最诚挚的祝福了。

我总是想，这世界上有那么多人，我能遇见他，已经顶幸运了。喜欢他的时候，我每时每刻都在想着变好、变优秀，想着能够自信一点儿、努力一点儿，想着在他眼睛里的时间能够多一点儿。我多希望，别人也曾需要我，别人也因为我而变得优秀。那种滚烫的日子一定会烙印在我们的生命里，然后被送入风里，化作春雨，等来年柳树抽芽的时候，润泽所有等待洗礼的灵魂。我也希望成为别人的必需品，然后永远被善待。

我本不是安静的人，却在他面前因为怕出错误，总是谨慎。我可以和他的朋友大方地打闹聊天，唯独不敢和他多说一句话。我原来是这样的人，也是在我喜欢他之后，我才知道。

我喜欢他的时候情绪平静，我是热烈的人，喜欢他却喜欢得平静。他在我的生命里，好像和别人都不一样，有时候我走在他的身后，看他的背影在我的眼前时浓时淡，我就觉得能一直走在他的身后，也是好的。

我曾经后悔把一些人写在我的笔下，因为我觉得我的笔记录的该是些要留在我生命中的人，但是我永远不会后悔把他写下来，我情愿以后我的笔下再写不出惊世的句子，我也要把他深刻在我的生命里。

在这本书出版之后，他也要毕业了，我要在他毕业那天，拿着很大的一束花站在他面前跟他说：“赵培炎，这是我的新书，里面有我想对你说的话，毕业快乐。”

赵培炎，这是我的新书，里面有我想对你说的话，毕业快乐。

这篇文章我改了28次，还是觉得写得差极了。写感情是我擅长的，但是这篇，我写得过于生涩，我怎么可能把喜欢你这件事情写得完好呢？

被写进书里的爱情不过尔尔，值得纪念的人或事，都在我的笔下永存。

赵培炎成了我在2021年太冷的冬天里最温柔的记忆。

说得浪漫点，要向往宇宙

我想在重庆拍一部电影，在那些雾气弥漫的天气里，渲染爱到极致的感情故事，漫过洪崖洞昏黄的光，也感动小雨浸润的嘉陵江的游船。

1

你一定没有办法想象我现在有多么惬意。

我搬出来住已经一个多月了。

拥有属于自己的小房子是我一直以来的梦想。虽然只是租的房子，但是知道这个四十平方米的空间会有一年多的时间属于我自己，我就有了好好打扮它的心思。

花，照片墙，写书的角落，是我家一定要有的东西。我家有一面不算大的落地窗，这其实是有些遗憾的。不算高的楼层加上不算大的落地窗，让我家的夜景有些局促，但是还好，那些暖色的灯光还是会透过一团又一团的空气落入我的眼睛。我在窗子上贴了一些莫兰迪色的挂钩，上面挂的是我养死的花晾成的干花。

落地窗前面是一个小小的阳台，在晴朗的好天气，睡到自然醒，可以把植物放到阳台上晒太阳。阳台上散乱地摆了很多我喜欢的书，还有一台唱片机和各种各样的黑胶唱片。卡其色的地毯和浅粉色的毛毯铺在阳台上，让我的小阳台变得温馨又可爱。上面放着一张小小的桌子，这就是我写书的角落。

我坐在地毯上捧着电脑，在阳台边晒太阳边敲下这些文字。阳光从我的斜上方铺开，照在我的脸上，我的左手上，右手也可以得到一点儿。唱片机上播放着我最喜欢的唱片，跟今天的天气很搭。我冲了杯速溶咖啡，就着阳光开始今天的工作。

如果当一个作家是这样的话，那人生未免也太棒了。

又到了要看《请回答 1988》的季节。以前我是个只喜欢春秋的人，现在却莫名喜欢这个冬天。

冬天明明挺冷的，但是这个冬天让我觉得好暖。可能是因为有好多朋友陪在身边，就觉得一切难过的事情、一切难过的坎儿，都会一点点儿熬过去吧。

我想念羽绒服和烤红薯。

不得不说，2021 年的杭州没有秋天。这早冬是在一场雨过后突然来的。秋雨骤降，雨里面带着这半年的悲怆和寒凉。

温度的变化对生活的影响是很大的，奶茶要从少冰变成热，从短袖到毛茸茸的外套，从小毯子到厚被子。但是幸福感也陡然提升了，在温度低的时候，暖色调的东西会给人莫名的安全感和幸福感。窝在小被子里看《请回答 1988》，也是给每个寒冷天气的仪式感。

烤红薯的摊子还没摆出来，再过一段时间就能买到烫手的红薯，每次剥开它都会把手弄脏，但是金黄的果肉会甜到味蕾，好像这是冷空气降临时最幸福的事情了。

天气冷的时候我是不习惯出门的，但是冬天也没那么让人讨厌。杭州不会下雪，但是家乡会下雪。高中的时候，进入十一月，我每天都看着窗外，希望自己可以成为看到第一片雪花落下的人。高二那年的美术课，我抬眼就看见有雪花飘落，紧接着又落下很多。

下雪了。

我会不成熟地对着每场雪许愿，我总认为世界上所有美好的事情都是带着上帝的祝福的。

在家乡看雪是很容易的事情，每次放学我都喜欢找一片没人踩过的雪，让上面只留下我自己的脚印，走到头再往回看，就能清晰地看到自己走过了多长的路。

下雪的时候我没有打伞的习惯，落在头发和袖子上的雪很快就会融化，它精致的形状在这个世界存留的时间太短，却又独一无二，像每一片树叶一样。我小时候也伏在地上很近很近地看过雪花，巧夺天工，一片又落在另一片上。

这些天我在找灵感，也确实找到了一些。我买了一本厚厚的笔记本，把看书时脑子里闪过的话都写在上面，写得乱七八糟的，这对于有强迫症的我来说实在是一场灾难。

凌晨三点，我想到一句话，忍着困意把那句话写下来：“在看不见星星的 328 天里，我没有一天不在想你。”

我感觉自己很酷。这可能就是工作的乐趣。我享受着自己克服自己的快感，能够掌控自己，同时打败天性。

2

秦航是成都人。

我和秦航的大多数见面都是在喝酒，从杭州的酒吧到成都的小酒馆。我更愿意把他当成我的兄弟。

他是我见过的最棒的灯光师，也是我的第一个采访对象。毕业之后他回了成都，我很多时候遇到问题不知道怎么办，总是打电话向他寻求答案。

他毕业的时候我挺难受的，能够罩着我的人又少了一个。

他很像我哥，从来都不会说好听的话，但是我知道他是在为我考虑。

我一个人旅行，去成都和重庆。他穿着拖鞋陪我逛了一天成都，逼迫我吃油碟，我可是从来都不吃葱姜蒜的。在我的印象里，成都总和这个能够操控光的男生分不开。

他看起来吊儿郎当，对所有事情毫不在意，但是我知道他心里始终都有自己的打算，而且他非常善良。他极度爱猫，他的第一只猫是他去取一箱奇多薯条的时候遇见的。那只小流浪猫一路跟着他回了家，怎么也赶不走，于是他收养了它，并且给它起名叫奇多。

他毕业之后一直在成都。我的晚会需要灯光师，我喊他来帮我，他二话不说就飞过来帮我的忙，这可是快两千公里的义气。

刚认识他的时候，我还喊他学长，现在都是喊他秦航，如果没有这疫情，我肯定每年都要去成都找他玩几次的。

成都之后，我去了重庆。

重庆包含了我太多的情愫，我走在满是爬山虎的墙下，摸着石头的纹路，看轻轨驶过一列又一列。

我打卡了王源去过的地方，走过了一条一条他走过的路，听着一句句重庆话，心底的感动是说不清的。

《从你的全世界路过》在我的脑海里已经全是重庆的模样了，那是我想生活的地方。

我终于去电影里旅行了。

离开的那天，我坐着黄色的出租车去看了鹅岭二厂。我以为我走进了漫画里。

重庆是每个人一生一定要去一次的地方。嘉陵江的水映着重庆的一方天空。它又是界线分明的城市，这边是极美的乡村自然景色，那边是林立的高楼和繁华的 CBD。

我喜欢旅行可能就是因为那些照片上的景色真的出现在眼前时的震撼和感动是其他事情比不了的。

我想在重庆拍一部电影，在那些雾气弥漫的天气里，渲染爱到极致的感情故事，漫过洪崖洞昏黄的光，也感动小雨浸润的嘉陵江的游船。

3

年龄好像越来越成为束缚我们的枷锁，不止一个人对我说过，他现在已经不能毫无顾忌地爱一个人了。

我们怀念以前的日子。以前的日子里，爱情特别简单。上自习课的时候，偷偷给喜欢的人用老人机发短信；用心写一张又一张小纸条，再收到他的回信。我问岛先生为啥打字这么快，他说小时候总用九键。用老人机登 QQ，忘了是 2006 还是 2008 年，小学的时候，还得省流量，那时候一条消息要等好久才能发出去，谁不怀念那时候呢？那时的我们制造一次又一次蓄谋已久的偶遇。小时候喜欢就是喜欢，喜欢就是想要和你在一起，无论家长和老师怎么反对，我就是想和你在一起。

现在收到消息太容易了，我们再也不会像以前那样，字字斟酌、翻来覆去地读那个人一笔一画写在纸上的内容了。现在没有家长和老师反对了，谈恋爱却好像更难了，因为自己越来越懂事，想的事情越来越多，恋爱越来越不像恋爱。

要知道，茶只有热的才好喝，所以贫瘠的生活该是常态了。

我喜欢那种无比甜蜜浪漫又有仪式感的感情，可能因为我是天生的浪漫主义者，无比坚信这种感情的存在。

可是我好像再也不会那么用力地爱一个人了。

岛先生总会在深夜和我聊一些关于价值观的东西，我不是很喜欢他对待爱情的方式，我总是觉得他不够勇敢，怎么不能冲动一点儿呢？爱不就是冲动吗？可是他说，他不会爱人，他没法喜欢别人。

我不信。我分明知道，他在热切地渴望着有人喜欢，只不过他惧怕结果。结果重要还是过程重要呢？确实，过程有的时候会给我们留下不想忘掉的回忆，那些回忆太美好，也足够令我们念好些年。可是没有结果的回忆，只让人觉得可怜和悲惨、孤独和遗憾。

现在我知道所有人的出现都是上帝的安排，在某个时间点让某个人出现，这都是在很久之前安排好的事情。

人类总会把不开心放得很大，把开心放得很小。怎么可能所有的事情都顺遂呢？要是都如我所愿，可能得到的东西就没有那么珍贵了。我一直认为自己做的事情自己会为它负责，所以我很看不起那些懦弱又闪躲的人。

生活给我的考验够多了，我总认为下一个出现的是救赎者。

所有人的故事都是相似的，都是在爱与被爱中切换。你追逐别人连影子都抓不到的时候，也有人抓不住你的影子。

你也是被别人捧在手心的人，也是别人舍不得的人，怎么就有人肆无忌惮地随便对待你呢？

这是被偏爱的人的权利。

我希望自己冷静，能够做到在一段感情中保持绝对的理智，不温不火。

但是没有一个人会在爱情中保持理智，除非不够爱。

冲动是本能，也是保留时间最短的人性。不稳定的情感和踏实的物质，哪一样都给不了我十足的安全感，后者要大于前者，我却爱前者大于爱后者。

不要去试图感受别人的悲伤，当你开始关心一个人的喜怒、揣测他的哀苦的时候，你就已经抽不出身了。

我的性格太典型了，我对别人很好，对自己很差。我总是希望感动自己，我感动自己的时候，却没能感动别人。

中午步行回家，我看见很多事物。桃花都败了，不过短短一周。梨花正要开。我摘下几朵桃花，夹在书页里，这样它就会不朽，我自私地想。但我觉得它更爱开在春风里，就算会凋落。看见开怀大笑的人，真好，生活真好，还有刚刚学会走路的小娃娃，穿着红色的衣服。天气很热，不知道车辆为什么都开得这么慢。留头发好累，尴尬期不长不短。现在想想，当初剪短发的理由很幼稚。大概每个人剪短发的理由都一样，但是现在我打算留长了。人都会慢慢长大的。

我喜欢极致的浪漫，就极力去营造浪漫，但浪漫是需要输出和输入的。浪漫其实是个踏实的词，没钱哪来的浪漫呢？养花、旅行，天文、地理，都是费钱的事情。怎么这么多东西都是相背离却又向同一方向去的呢？

今天看到一句话："为别人撑伞却忘了自己也在被雨淋。"但有恃无恐不就是常态吗？

有好感是件太简单的事情，但喜欢很难。这个时代太快，没法承受"喜欢"这两个沉甸甸的字。如果决定了要承担，付出的就不仅仅是心脏的位置。昨天看到一句话：穷且无聊的人深情，富且忙碌的人随意。人不就是活一个精气神吗？开心是一天，不开心也是一天；信好事儿是一天，信肮脏也是一天。我们什么都改变不了，除了自己。

爱情太短，而遗忘太长。

4

工作结束后，我在西溪住了半个月，一个人看书，吃饭，睡觉，把周围逛遍了。

我一直觉得自己幸运，我得到了很多奢求的东西，于是我更步步为营，不敢懈怠。其实只是小有成就，就已经让我觉得不真实了，机遇太重要了。我很难遇见合拍的合作伙伴，漫川是一个。

我很幸运能遇见漫川，他让我实现了我的很多梦想。因为有他，我成了中国五百强公众号的联合创始人；因为有他，我能在二十岁出版一本书；因为有他，我能够经济独立，自由浪漫；因为有他，我能出国深造。漫川是摩羯座，我是狮子座，两个工作狂。他非常信任我，这是让我非常感动的，能得到工作伙伴的无条件信任，是一件非常幸运的事情。工作的基础是信任，工作的最高层次也是信任。

其实我写他写得很少，但是我发自内心地感谢他，他让我在最应该出色的年纪成为自己最想成为的人，实现了那么多的梦想。

周五洗了所有的脏衣服，那天阳光很足，衣服几个小时就晒干了。现在我所有的衣服都是香喷喷的，并且都是阳光的味道，这是很幸福的事情。

孤独是人生的常态。我喜欢不戴眼镜晚上在学校里随意地走。路灯的光晕在我眼里都是模糊的，一个人慢慢地走，只有我一个人这样走。我逐渐习惯了一个人的日子，一个人去店里吃饭的时候总爱坐在角落，这让本就孤独的时候更孤独了。后来我和别人一起吃饭的时候观察那些独自吃饭的人，我忽然发现，原来一个人是这么孤独的。但身边的人变了又变，来了又走，不变的只有自己汲取的东西。

为什么人会这么孤独啊，泡泡玛特开不出喜欢的款，也遇不见很爱的人。

没有发生波澜起伏的事情，生活每天都平淡如水。偶尔吵吵架、生生气，偶尔因为某件事想起某个人，喜上眉梢。

看书对我是有用的，书这东西是能让人走捷径的。你看了别人写的东西，就避免了别人走的弯路，得到他的智慧。看了这么多书，我总在找自己，可是我不明白的事情越来越多，我倒宁愿活在梦里。

关系好的朋友到上海出差，特意路过杭州和我喝酒。在凌晨两点的马路上，我大喊我以后一定要很厉害。

没有灵感的时候，朋友开车带我去西湖兜风，从高高的坡上很快地开下来，窗外的空气抚过我的眼窝，飘到了月亮上。

今天实际上没有好心情，原因不止一个：可能是下雨，可能是没有按时起床，可能是工作又多又乱，可能是这个月没有赚很多的钱，也有可能是雅思太难。

我好像为自己的决定付出了很多代价，但那些又是必须做的事情。

人生的广度，在一个一个痛苦的决定的交织中，不断延展。

图书馆门口有草坪，里面开着白色的小花，夕阳和晚霞每每衬着它们，就好看得要命。但是总会有穿着蓝衣服的工人拔掉它们，因为它们和这大片的草坪格格不入。图书馆窗外也会传来新生军训的声音，他们的声音此起彼伏，好像在比哪个班的声音更大。

我们高中走方阵的时候也是那样。文科班一群女孩子扯破了嗓子喊口号，就为了声音大过旁边的理科班。

上学最开心的事情其实是参加集体活动，比如一年一度的运动会。我们每年一次的运动会在九月末举办。从小到大，我的体育每次都是倒数第一名，五十米跑到十二秒，立定跳远只能跳一米四，但我还是喜欢运动会。从小学到高中，每次运动会我都会买一大包零食，坐在观众席上喊“加油”。

后来我当了广播站的播音员。播音员能够在运动会上读加油稿件，可以借着能够被全校听见的麦克风，在喜欢的男生上场比赛的时候在全校同学面前为他加油，这是令人开心的事情。

5

因为去了南京出差，在北京经历了一周的隔离生活。隔离的时候除了睡觉，就在思考未来：考研，出国，工作，创业。在有众多选择的年代，这些选择微不足道又举足轻重。最近看了很多电视剧：《我在他乡挺好的》《北辙南辕》《我是真的爱你》。有趣的是，我在这些电视剧中好像看见了同一个世界。

结婚生孩子的焦虑，事业工作的焦虑，你发现好像世界上的所有人都在为同样的事情焦虑。

人一长大，生活里就只剩那么几件事情，人们的故事剧本都是相似的。人怎么说长大就长大了啊。

我一直觉得，人生的每一分每一秒会发生什么都是被安排好的，我们是按人生固定的轨迹在行走，但是发生的事情还是会带给我们惊喜和意外。

我小时候最想去北京生活，因为我喜欢故宫的墙，红红的，真好看；长大之后，更喜欢南方。很幸运，我考到了杭州。

杭州变成一线城市了，这座城市偷偷进步了，我还没有。

我千辛万苦地考到一座我喜欢的繁华城市，却忘了我最喜欢星星。繁华的城市里看不到星星。

可能是因为年龄越来越大，所以自己的想法越来越独立成熟。我不太喜欢北京和上海，我总觉得那么快节奏的地方不适合我。我还是喜欢那种有些繁华却又舒服的地方。

我还记得在杭州的第一晚，安慰完因为想家而哭泣的舍友，我一个人躲在被子里，看着家人的照片独自掉眼泪。那是我在杭州第一次哭，我下定决心一定要活得漂亮。

我从什么时候开始变得世俗且世故，我也不清楚，却还是想挣扎一下，不让自己沉沦，不让自己没有棱角。

眼神要澄澈一点儿，起码要让别人看见一双清亮的眼睛。

我学习油画和钢琴，让自己沉静下来。油画需要调色，神奇的是，两种鲜艳的颜色混在一起就变成灰调了。钢琴片段，我需要练几百遍才能保证不弹错音，但是展现出来就只有十秒。每天学习油画和钢琴的这四个小时，我的脑子里会思考很多事情，关于过去，关于未来。

美梦要有，起码那个被虚幻世界麻痹的夜晚让我喜欢。

是的，我是个爱做梦的人。比其他人幸运的是，我的梦或多或少都实现了。

我之前总在比较，比较两件非必需品的性价比，计算怎么能省钱。我妈说，不花钱是最省钱的。忽然觉得这句话太好了，值得记下来。

在我做一些艰难选择的时候，我妈会说，做你觉得对的事情。的确，有一些事儿，我们明知道是不对的，但还是做了。人只要能做自己觉得对的事情，大概就无敌了。

之前认识一个女生，她的经济条件很一般，总为房租发愁，但她每天都在朋友圈发一些只有钱能支撑的事情：换了新手机，做了新发型，吃了一大桌子的海鲜。

人隔着屏幕，怎么就不是她了呢？

我总是喜欢把感情寄托于某物上。段先生喜欢星星，我们约定种树，所以我看见星星会难过，看见蓬勃生长的树会难过，真遗憾，那种绝对是快乐之后的怅然。

放弃一个人最好的原因是失望，这是一种不带爱恨的情绪。恨的时候眼睛会瞪圆，爱的时候眼睛会笑弯，但是失望的时候，只会是眼部肌肉松弛，眼神向下。真正结束一段感情的时候不是分开了，而是你接受了没有这个人的生活。哪怕他出现的时间不久，他都会在你的生命中留下印记，那些被人联系起的物，从不会消失，但是会变淡。包括输入法，我是什么时候发现我忘记旬先生的呢？可能是我输入他的名字的时候，首位不是他的全名，而是一些发音相同的字，我就知道，那段记忆是该过去了。

最近看电视剧的时候，发现古人一爱就是一生，为什么古人的爱可以那么长久啊？现在情侣们在一起都是数着日子过的，100天，520天，可能因为他们不知道哪天是最后一天，哪天都可能是最后一天。

成年人是不会开玩笑的，他们开的玩笑多数不是玩笑，换句话说，成年人哪那么容易获得快乐呢。我最近脾气不好，活着这么烦，但还是想活。或许是有了更多的底气，或许是觉得人生太短了，脾气该发，就是不能忍着。买潘多拉是因为一颗珠子叫“璀璨人生”，我总是因为这些虚假的东西而心动。我选择的就是一条不那么容易走的路，我在悬崖上摘花。我野心太大，得要努力多久才能达到自我实现呢？我不想做让别人忌妒的人，我要成为让人羡慕的人。

我不打没准备的仗，所有事情都得做好准备，我没法承受付出后失败的代价，于是我的准备尽量充分，但也有崩溃时刻。我突然决定一个人去看球赛的时候，买了黄牛票，被骗了1500元钱。那天我坐了3个小时的公交才到了比赛现场，在场外整整站了3个小时，最后因为被骗要做笔录，在警察局看了那年的CBA决赛。

被骗1500元钱，一个人在警察局做笔录到深夜，我其实都情绪稳定。但是打车回家，开出租车门的时候剐蹭到了路过的摩托车，车主很凶，让我赔200元钱，我太累了，没有拉扯地赔了钱。200 元和 1500 元比起来好像很少，但是我被这最后一根稻草压得哭出声来。

后来我再没脑子一热就去旅行了。

跌倒又爬起，山顶静悄悄。

我从来不把自己窘迫的样子展示给别人看，我只喜欢告诉别人我在努力，大家看到的都是我光鲜的时刻，没人见过我为了那些光鲜付出了多少心血。

终于还是活在别人眼睛里了。

6

有很多人找我聊人生，我有点儿害怕，我自己的人生还没过明白呢，怎么敢给别人提建议。

我是一个外表极为自信，但是内心自卑的人。我知道自己的很多不足，但是别人不知道。这是件挺可怕的事儿。那些赞美和夸奖会让我对自己的认识越来越不明确，我需要时刻给自己降温才能清醒地认识自己。

我发现自己已经成为一个蛮成熟的人了，原因是我发现我的情绪平稳了。

情绪平稳其实不是件容易的事情，我经常把对人的爱与恨表现在脸上。但是现在我的表情大都柔和。那种表面营造的假象，我看得穿，也沉溺在里面，不想戳破。

自我反思是件难事儿，但是可以促进人快速成长，我其实不是很能听得进别人的话，这可能是狮子座的通病。

我总因为时间的飞速逝去而感到力不从心，因为想做的事情总是做不完，想说的话永远堵在心里。

我是一个非常重感情的人，也是一个非黑即白的人，于是我看起来锋利有棱角。

我对喜欢的事情总是愿意付出全部感情，但感情越深厚，也越经受不了离别。

我是热爱舞台的，甚至我觉得自己比其他任何一个人都热爱。舞台的每一盏灯，控台的每一根推杆、每一个按键，我都对它们充满了感情。倒数的“三、二、一”，台本上的每一个字，对讲机里面传来的每一个频率，都伴随着我的心跳和我身体里的血液沸腾。

观众散场之后，舞台的灯暗下去，我不知道为什么看着舞台会有油然而生的感动，我血液沸腾，心跳加速。

我认识太多太多的人，他们对舞台的热爱不亚于我，但是他们做了不相干的工作。我挺害怕的，我怕以后做不了自己喜欢的事情，我怕湮灭于人海里，离我喜欢的事情越来越远。

我还没有学会如何积累和沉淀，就被推上了需要独当一面的位置，面对一堆不该在我这个年纪承担的事情。我没有表面上那么平静，我也需要时间去适应。可是没有人能够替我分担，所有的事情都要我自己去做，有时候我也不知道该怎么办。

生活的趣味性在于，你永远不知道思维的跳跃性和大脑运作的能力之间会发生怎样的化学反应。庆幸的是，我学的是自己喜欢的东西，并且将会把它当成我的事业。我不知道我学的很多东西的意义到底是什么，但是我会穷尽一生去追寻它们的意义。

每天晚上，我都要感恩我是一个健康的人，我还快乐地活在这个世界上，也为那些痛苦的人祷告，希望他们的生活会加很多糖。

其实回看过去是件需要勇气的事情，一年的时间足够改变一个人。我还以为自己是个小孩子的时候，时间已经不允许了。

幼稚结束了，要变成大人了。

我看到了一句话："有一个早晨我扔掉了所有的昨天，从此我的脚步变得轻盈了。"我觉得这句话出现得恰到好处。以前我总以为自己的情绪会在晚上更新，现在我发现一个晴朗的冬日早晨，也会让我无比幸福地抛弃过去，迎接崭新的以后。

我没有顾虑了，我没有担子了，我没有需要牵挂的事情了，我要开启我的无敌人生了。

在十八岁的末尾，我更多地意识到自己的快速成长。虽然这个十八岁平平淡淡，没有脱胎换骨地变好看，也没有减肥成功，没有考上特别好的学校，但是和这些相比，成熟和成长的内容让我安心。

以前大家都把我当作不成熟的小孩子，以后我要变成理性且善良的大人，再来惊艳四座。

说得浪漫些，要向往宇宙。

7

我觉得能够在繁忙的生活中抽出时间写自己的生活，是一件特别幸福的事情。我最近总是在深夜边听电台节目边写下这些文字。

我喜欢黑夜胜于白日，因为黑夜的情绪是冲动的，冲动的往往是最真实的。而白日过于喧嚣，但我必须融进去，因为我不想和这热闹格格不入。

旁边往往还会放一杯茶。我很爱喝茶，尤其是绿茶和茉莉花茶。

我有骑单车的习惯。每天骑单车的时候，是我这一天最舒服的时候。学校不大，两公里可以环学校一周。

今天发现了一条很空旷的路，那条路我以前从来没有去过，却意外地让人舒服。云在我的前面，风在我的后面，空气中有新割青草的味道。这半年是安逸的半年，看起来既短又长。时间的长短往往不在于是瞬间还是永恒，有意义的瞬间就是闪闪发光的永恒。

昨天西湖之行的交通工具是单车和地铁。在地铁上我对面坐着两个上年纪的男人，一个戴着艳黄色的工程帽；一个穿着深蓝色的工装，提着松垮的大袋子。他们的脸上爬满了皱纹，还有工作之后留下的黑色印子。我不知道他们从哪里来，我也不知道他们要去哪里。听他们说的方言，可能是西南哪个省份的人吧。

他们拿的地铁票我已经好久没有看见过了，我已经习惯了打开支付宝扫码乘车。

但他们脸上笑容灿烂。

这半年我逐渐习惯了大学的生活，认识了很多改变我的朋友。

我忽然有点儿喜欢未知的感觉了，因为我不知道这些不确定性能给我带来什么。或许是机遇。

我以前说，对于我做过的所有事情我都不会后悔，只是有时候会遗憾。现在如是。

最近接触了很多领域，见了很多人，越来越觉得自己浅薄。

最近的雨季，让我更喜欢躲在空调房里。那天雨下得很大，图书馆外面雷电交加；图书馆里人影零星，安安静静的。窗外有人打着伞，慢慢踱步。

早上睡到自然醒，起床吃个有仪式感的午饭，在学校里散散步，洗洗衣服，看几集甜甜的偶像剧……生活过于闲适。

时间过得太快了，快得让我有点儿害怕。以前做什么事情都是没有成本的，想做什么就去做了，但是现在我越来越小心翼翼，我不能再不计成本地做事情，我需要衡量成本和回报。

我是一个有执念的人，很犟又很轴。

我想做好的事情一定会不在乎过程的艰难，定要达到自己想要的结果。

我不喜欢那种规律的工作，好像一辈子都能看到尽头了。我喜欢的是那种尽管辛苦，却有盼头的工作。我希望自己变得很厉害，于是有点儿“急功近利”。

我处于一个断层式的成长过渡期。无论人际关系还是各种情感，都和我之前的世界完全不同。我固化思维，给自己无形的桎梏。

窗外的星星很好看，虽然只有一颗，但抓住了我所有的目光。这种夏天独有的味道湿润了我的鼻息。

我其实蛮喜欢一个人旅行。去一座陌生的城市，用相机记录下来，表明我来过这里，然后走遍那些照片中的景色，这是种独特的仪式感。

不断认识自己是一个充满惊喜的过程。一点点儿发现和整理甜蜜，是一种更甜蜜的过程。

我以前是一个很爱倾诉的人，总觉得快乐的事情需要和别人分享，难过的事情和别人说就会得到安慰，但我发现不是所有人都为你的好事儿而高兴。大多数人盼的是你不好，而不是你很好，只有家人和很好的朋友才会为你很好而开心。

即使还没有进入所谓的社会，我也被迫明白了这个冷冰冰的道理。所以我越来越不喜欢和很多人分享我自己，除了那些并没有什么内容的清水话。

这样残酷的事实是我一直都不愿意承认的。尽管这件事儿在我们的生活中占据不了重要位置，它幼稚得很，但是不能否认它的存在，它存在于每个角落里。哪怕只是一个淡淡的小小的缩影，也会在那些磅礴的大事中，作为关键的助推力，把生存变成毁灭。

我总能感觉到别人希望我过得不好的眼光。刚开始的时候我总是和很多人说我最近不好，生活很糟糕。我只是想把难过的事情说出去，希望这样能让自己好过一点儿。后来我发现效果恰恰相反。

后来我总是发很多表示我生活充实的朋友圈，也渐渐不和从前的朋友联系。有些难过，我现在可以自己消化了；还有一些是永远也消化不掉的，我就把它们当作辅食，一点一点儿地习惯它们。其实，世界总是美好多一点儿，不太好的事情少一点儿，可我们总在不断放大那些不好的事情，而忽略了很多美好。

我一直认为人的周围是极暖与极寒的，庆幸的是，包裹着我们的是极暖的那一圈，以保护我们在这极寒的世界中不至于被冻死。

“有太阳的时候，多看看太阳；下雨的时候，看万物生长。”希望你的身边温暖如春。

8

我不大有安全感，我称之为“弱安全感人格”。

我的家庭非常幸福，我从小被保护得很好，我爸妈很少吵架，他俩的感情就像热恋的情侣。

但是我上小学的时候，不太会与人打交道，可能是被家里娇惯的缘故。小学班主任的女儿叫冰糖。小时候冰糖和我是很好的朋友，但是小学生总是会有摩擦，我很怕冰糖和我吵架，因为那样她就会叫全班同学都不要理我。

想来这应该是最原始的“校园暴力”吧。

我害怕孤独，至今都是。那种没有一个人和你玩耍、和你说话的经历，你有过吗？我有过。我在很小的时候体验过那种被孤立的感觉，此后，这种感觉就好像刻在了我的骨头里，印在了我的皮肤上。

我虽然知道那些只是小孩子不懂事的时候的幼稚做法，但还是长久地被这种感觉影响，惧怕孤独，惧怕黑暗。

我不仅是这类事情的受害者，还是一个“行凶者”，因为冰糖冷落另一个女孩子的时候，我默默站在了冰糖这一边。

我感同身受，知道那种感觉，可是我没有站出来。

我印象最深的就是除了旬先生来安慰过我之外，还有一个小姑娘来帮助我。她曾和全班同学为敌，一个人过来挽着我的胳膊（她也因此和冰糖为敌）。和那个小姑娘结伴之后，我感觉好了很多，像是征战胜利的英雄一样。

我永远记得她，那个像小天使一样陪伴我的女孩。

因为很小的时候有过这种不太愉快的记忆，我开始害怕一个人。我一个人走路的时候，手都不知道往哪里放。我喜欢穿带口袋的衣服，因为在很多时候，衣服口袋会遮掩我的局促不安。

人的欲望好像永远都填不满。总苛求别人爱自己，总是脆弱地抱着“安全感”三个字不放手，内心敏感、自卑，又容易被感动。

我相信的东西越来越少，能攥在手里的都会碎掉，何况那些我还没有紧紧攥在手心里的呢?

抓不住的，可以努力让它留下吗？善变的元素会有人让它停滞吗？希望你能找到肯定的答案。

想起小时候我很喜欢吃牛肉干，但是因为很贵，一次只能买一点点。当时每吃一块儿都感到幸福和满足，小时候的幸福感怎么来得那么容易。

上小学的时候，教务处每周要检查指甲的长度和发型，就好像指甲、头发的长度和学习成绩成反比。那时候我很喜欢喝冰红茶，在每节课上课之前使劲儿晃瓶子，瓶子里就会有一层白色的冰红茶沫子，上课溜号的时候，就看那高高的沫子慢慢消下去。一节课 40 分钟，看表的时候发现这节课已经上了 25 分钟，还有 15 分钟才下课，就很痛苦；要是已经上了 35 分钟，还有 5 分钟下课，就很开心。当学生的日子，10 分钟的差距就足以使情绪波动，快乐的获得是那么轻易。

现在一首喜欢的歌，我听两周就腻。我妈总和我说，她年轻的时候还没有发达的网络，想要记住一首歌的歌词，就要每晚某个固定的时刻守在电视机前面，听一句记录一句歌词，记录下全部的歌词需要整整一周的时间。那时候谁能够先拿到所有的歌词，谁就是那一片儿小孩子里最光荣的人。

热闹不是常有的。过年的时候超市总是布置得很喜庆，摆着各种各样的年货，各种红彤彤的商品包装跳跃进眼睛里面。过了正月十五，再去逛超市的时候，年货的摊位已经撤下去了，超市恢复了原本的寂静，就像从来没有热闹过一样。

9

这篇，我写了太多的散句，想到哪句话就写了，没什么逻辑，但确实是我这些年来想表达的内容，尽管琐碎。

我和四四说，把别人写在书里，我觉得很幸福，因为我的生命中出现了他们。其实我们的生命中出现的富有戏剧性的人、值得写下来的人太少，生活大多平淡，但是我努力发现了他们的不平淡。

她对我说，其实被写下的人也是幸运的，能参与到别人的人生里，在千百亿人里，怎么不是幸运的呢？她说我是浪漫天才。

我和四四有相似的地方，都在这平静如水的生活里追寻炙热的感情，追求滚烫的爱情，但是后来我们都不敢再做高温预设了，因为一个人舔舐伤口的日子太难熬了。那些独自度过的深夜和凌晨，该怎么再熬一遍呢？

但我真的很难接受平凡的生活。于是我在笔下造梦，我在梦里造人生，知道没有结果的全力以赴会让人好难过，但我还是那样做了。

那天我做了一个梦，在梦里我在皑皑的雪上跑了又跑。我把月光揉碎了碾在清晨里，白日空气里全是晴朗的月亮碎片。

爱与全力以赴

早晨的阳光洒在我的头发上，深夜的空气闯进我的鼻腔，我无比清醒地觉得我的青春太精彩了，我无比热爱年轻。

1

I Want It, I Get It

理想，目标，这是我从小想得最多的两个词。

我有个习惯，就是生活要有明确的目标，阶段性地促使自己努力。如果我丧失了或是寻找不到这个目标，那么我就会浑浑噩噩，开始不自律地过日子。

现在想来其实这就是人生规划，把生活分成碎片，再重组。

对于感情，我是个温吞的人，而对于工作，我却直接而果断。毫不夸张地说，从小到大，几乎所有的机会都是我自己争取来的。

小学的时候有升旗仪式，最后一项是在国旗下讲话。三年级以上的班级，各班轮流，一个班只有一个人可以参加，一个班一年才能轮到一次。当时看见学长站在红旗下，站在全校学生的面前演讲，我觉得真好啊，我也想站在那里，站在所有人面前。所以我从一年级就开始翻作文书，只看《国旗下讲话》。

升到三年级，轮到我们班的时候，因为看了太多《国旗下讲话》，没有人有和我竞争的“实力”，这个名额自然而然地落到了我头上。

后来下了一个月的雨，每周一的国旗下讲话都被取消了，我等了整整一个月才在那面鲜艳的国旗下，出色地完成了讲话。那篇演讲稿被我揉得皱巴巴的，仿佛一碰就要碎掉了。

小学时我的目标是升学考试考到我家所在的小镇的第一名。我现在还记得，上六年级时我整理了小学语文、数学的所有知识点，一遍一遍地背。我把那本笔记命名为“葵花宝典”，还不愿意把它分享给别人，小时候的我原来是这么自私的。

后来我考了第三名，没考到第一名，那是那几年我在学校里最好的成绩。

上了初中，我有点儿心高气傲，好在名次也还不错。初三别人刻苦复习的时候，我从来没紧张学习过。

成功考进了心仪的高中后，高中第一学期我的目标是考进实验班。发奋努力了一学期考进了实验班之后，我忽然就没有动力了。

那时候我一直没有一个明确的目标，只有一个模糊的画面在我的脑海里盘旋，但是我拨不开那层纱，怎么也找不到明确的方向。

那时候我已经喜欢王源很多年了，看着他从在地下通道唱歌的小朋友逐渐长成能到联合国大会演讲的成熟男生。我也逐渐了解了他身后的光影世界，对那个曾经我完全不了解的领域逐渐熟悉，发现自己的性格和能力竟然都合适。我萌生了想要进入这个行业的想法。喜欢了那么多年的人，总要见一面。

后来，我查了很多材料，发现了广播电视学这个专业，我才确定了大学一定要学这个专业。我确定自己的理想是做一名导演。

高三我定了 636 分的目标，但是这个目标对于那时候的我来说，绝对不可能实现。

我踏着清晨五六点的露水，追逐早上升起来的太阳，我从未想到我能那么努力地学习。

最后的成绩和我的目标差了 30 分，不过已经超出了我平时的水平，是个意外的惊喜。

大学我确实学了那个专业，一字不差。

考上了还算不错的大学，学了还蛮喜欢的专业，照理说这比很多人都幸福美满了，可是我又找不到下一环节的理想了。

生活不理想，多是因为环境。

不能在随波逐流的状态下谈理想。

我意识到这个问题时，已经是大一下学期期末考试成绩出来的时候了。刚开学时我每堂课都要抢第一排，每天都去图书馆。后来，学期快结束的时候，我只有几堂专业课认真听讲了，以前去图书馆的时间都被我用来在宿舍追剧，或者是用来做一些毫无意义的事。因为总有人在我的耳边一遍遍地说：坐第一排干吗，没有用；去图书馆干吗，没有用。结果到了最后，我发现那些曾经说过不要坐第一排、去图书馆干吗的人，变成了曾经我最努力的模样。

后来不理想的期末成绩出来了，我决定以后周一到周五一定要好好上课，其余的时间用在图书馆里。

我是一个很典型的 To-Do-List（按清单行动）的人。我每天都会列清单，说实话，很少有哪一天能够把清单上面的事情全都执行完。

但是我一直认为，写 To-Do-List 的目的是完成比没写它的时候更多的事情，而不是全部完成。

开始改变就是提一口气的事情。我想成为一个厉害的人，我不知道那个标准是什么，但是经济独立和见到王源，是一直以来的愿望。

我以前不是一个自律的人，但是我现在总是强迫自己努力做到自律。学习英语，学习理财，看书和写作，是每天都在做的事情，这种已经成为习惯的学习让我的日子充实有盼头。

我总是骄傲，这次是真的骄傲，因为我认为现在的自己比大多数人更自律。

每天都可以七点多钟准时起床，化一个简单的日常妆，吃早饭，学英语，读书，记账，写日记。

这几天我窃喜，我终于成为一个自律的人了。

对，直到昨天晚上我还是这样想的。

但是今天，当我早上不到七点在食堂看见许许多多的人，在去图书馆的路上看到那么多并肩而走的人之后，我觉得，什么啊，大家都在努力，我却认为只有自己在努力。

这可能是对世界最大的误解：总认为自己是最努力的那一个。事实是，总有人比你努力千百倍。

2

明日台风日

据说明天有台风，我第一次看到天气预报里的降雨指数达到了 100%。不是说没有什么绝对的事情吗？

今天周日，天很好看。我喜欢的城市都有好看的天空。

这周每天在图书馆待很久，我喜欢待在图书馆的日子，身边放着水杯，耳机里有喜欢的歌。

我总喜欢从右手边第二个安全门进，踩在地板斜边的对角线上，然后在右边第一个阅览室第三排中间的座位坐下。

有趣的是，图书馆里的人动势很统一。中午到了饭点儿，有一个人站起来搞出了很大的声响后离开，就会有一批人跟着这样做。晚上亦如是。

大家都是心朝着一个方向想的人吧。

后来才发现，我努力不过是因为我觉得我得到的东西令我不安，我想努力配得上自己所得到的东西而已。

一个优秀的人必备的要素就是自律，所以我硬生生逼迫自己变成一个令自己感到陌生的人。

我才意识到，万事万物都是需要交换的。

我怕失去身边的人，也怕忽然有一天失去现在所获得的幸运，所以我努力地去比肩那些我眼里的成功人士，去学习他们身上的成功因素，从而把我的幸运变成有原因的事情。

我现在所做的所有事情，不过是在补课罢了，把我人生浪费的十几年通通补回来。

高考结束的时候我听了几场免费的关于简历的公开课，学会了一些写简历的知识，于是我在大一的时候就能够得到很多实习 offer。

大二上学期，因为有曾经花 1 元钱听的新媒体课程打基础，加上很多机缘巧合，我和漫川的新媒体账号忽然爆火，3 天涨粉 100 万，成为新媒体神话。我忽然成了全国 500 强公众号的创始人，也随之实现了经济独立。在前后不到一个月的时间里，我的生活发生了翻天覆地的变化。

我发现一个人最重要的特点是其看问题的角度和眼光。我也曾觉得学习只是一块垫脚石，只是一块起跳板，但是我现在真的觉得学习应当是一辈子的事情，看问题的角度，看待事物的方式，都是在学习中改变的。

我看过的所有书里有 80% 是杂书，但是没有一本是白看的。时间是最不会说谎的。你所有的积累都会成为未来路上的催化剂。

我渐渐发现很多事情都是有原因的，我无意中听的简历课，我无意中学的新媒体运营，我无意中看的那么多那么多的书，我写过的东西，我真心对待的所有人……

缺少任何一项，我都不会成为今天的自己。

我好像是一个突然闯进高山的孩子，我要在极度缺氧的环境中生存，就要独有某种特质，抵挡住诱惑，还有学会孤独。

我的棱角又分明了起来，我的努力足够支撑我的脾气和态度。但是我所渴望的东西只有我足够努力才能得到。

我没有那些商人的圆滑，不开心就说出来，开心就快乐合作，以其人之道还治其人之身。我的态度是由对方的态度决定的。

我所获得的被我用来投资自己。我能够更加自由地掌控自己的人生，我能够追求自己热爱的，我能够抛开那些世界上的桎梏，做喜欢的事情。

3

种花得花

这一周我的感触很多。

新书要出版了，签了三千张明信片。小时候我总是说，我一定要成为作家，这梦想实现得多少有点快。

我是配不起“作家”这个名号的，但我确实就是作家了。这也是开心的事情。

读了半本书，喜欢其和我的文字相似的风格，也有一样的三观，总觉得在看自己。

说实话，我不敢有半分懈怠。我从来不觉得好运气是永恒的，我现在的成绩，是因为好运加持。

我现在丝毫不焦虑，除了雅思，没有什么让我感到苦恼的事情。就算雅思，我也能平和对待它了，因为我现在每天都在多认识单词，多学习写作技巧。

大一，在别人享受美好生活的时候，我在实习。

那时候大家都觉得早，实习没用。

我的简历上什么都没有的时候，我一年投出去很多份简历，一遍一遍改，三四十版改下来，一点一点儿地积累，看到信息就投，不敢挑肥拣瘦。现在我只会投导演岗，这在以前是奢侈的想法。

我尊重所有对我充满善意的学长，当然，真诚是会有收获的。

大二是爆发期，收到了好多份实习 offer，接到了很多大公司的面试邀约，认识了很多人，了解了越来越多的规则。

于是我现在可以心无旁骛地备考，不用担心没有实习和工作，也不用担心没有钱。

我一直在规划自己的时间。我有一个十年规划表，我清楚地知道，我想要成为什么样的人。

当然，为了十年以后，那第五年的时候应该做到什么呢？那第一年呢？

于是，规划方案就会被非常清楚地呈现出来。

不得不说，这是非常好的方案。

我现在几乎每天都在重复做同样的事情，打卡同样的日常，但是丝毫不乏味。我知道我在补课，我的好运带给我的，我所得到的，就该是有这样习惯的人才可以得到的。

变优秀会使人上瘾，自律是一件太难得的事情，我很庆幸自己正在努力成为那样的人。

这段时间很忙，手机使用时间减少了 20%，关掉了朋友圈，控制自己的思维。

没错，我觉得自己有两个弱点，一是恋爱脑，二是情绪化。我都在努力改变。

收效甚微，但仍在努力。

我曾经说，我不和废物做朋友。我也觉得，废物不会愿意和我做朋友。我的生活方式是忙碌，我相信种花得花，生活不会辜负每一份付出。

你要相信我，努力总会有回报的。

得努力啊，就活这么些年，要做出成绩来。人生太短暂了，每一天都在倒计时，在不确定未来的时候，我们就预测未来，奋力当下。

4

意义

昨晚风雨交加，闪电不断。

外面的雨下得肆意，伴着雷声和很多年轻人的呐喊声，那种青春校园的感觉直接就充满了整个胸腔。雨水打在栏杆上发出的“乒乒乓乓”的声音，是我在这个夏天最后的记忆。

杭州的天气逐渐变得舒适了起来，风里已经不带着夏末残存的热气了。走在路上，感受是好的。

每天都要读书。人每天都在输出，如果不定期摄取精神食粮，就会越来越退步。

回到学校的日子里，每天都在按部就班地生活，其实我喜欢这样的生活。今天没有学习，下课之后边吃东西边看新出炉的大火的韩剧，在床上困了就开始睡觉。我享受这种清闲而且幸福的生活，但是我更喜欢那种奔波的日子和满心希望的自己。

早晨的阳光洒在我的头发上，深夜的空气闯进我的鼻腔，我无比清醒地觉得，我的青春太精彩了，我无比热爱年轻。

年轻的意义，不过是爱与全力以赴。

这是我的工作手记

这一年太不平凡，在这一年里我经历了太多的事情，不真实到我觉得我压缩了人生的时间，在这短短的二十岁人生里，我获得了不该有的幸运和机遇。

1

就是得实践

我是一个狂热的实习爱好者。学了三年的高中政治，我最认同的一句话是：实践是检验真理的唯一标准。并且我发现，无论我在专业课上听得多认真，都不如一次切身体验管用。

第一次有这种感觉，是我第一次做人物专访的时候。因为是期末大作业，我对待它格外认真。时间还在期中，还有好多的理论知识没有讲。作为一个毫无经验的“记者”，我根本不知道从何下手。

幸亏有经验的学姐告诉我采访的步骤、怎么和采访对象拉近距离，她说最好先做一次预采访。后来我对我的采访对象提前做了预采访，那时候我和他只见过几面，话都没说过几句。我那个时候真的很紧张。预采访结束，我的手心都是汗。

这是一个很健谈的采访对象，让我的压力小了很多。但他谈到他的专业时，提到的很多名词或者团队的名字，我几乎都不知道，以至于相关话题也无法进行下去。

在预采访之后，我为自己的不专业懊恼，却也为得到了很多有用的信息而欣喜。我开始查阅相关的专业知识，了解和这个专业有关的团队、这个领域的知名人物。最后在真正采访的时候，我的采访对象提出的名词我都略微知道，不至于中断话题。后来我还和我这次采访的对象成了好朋友。

最后我写了一篇 4000 多字的稿子，拿给我的指导老师看。老师对我进行了肯定。我必须要说我是幸运的，我的第一次人物专访遇到了帮我预习的学姐、特别配合的采访对象，以及给我充分肯定的老师。

我也意识到，实践有多么重要。

我努力完善简历，开始想去实习。

大一从零履历开始，我投递了无数次简历。一共收到了五份 offer，分别是爱奇艺、《中国青年报》、QQ 音乐、西瓜视频、哇唧唧哇。通过这五份工作，我了解了很多行业，也认识了很多全球各地各大高校的学生。

因为大一的实习经历丰富了简历，我投简历的成功率高了很多。大二时，我完整地跟了综艺项目《奇异剧本鲨》，跟了腾讯视频的《未来新世界》，跟了《90 婚介所》的中插。

我一直相信自己在做的事情是正确的。实践带给我的东西是在课堂上学不到的。

我不是喜欢工作，我只是喜欢工作带给我的那种踏实感。世界的变数太多了，时间的玩笑太难预测了。

在还能够自己创造可能性的时候，我们可以改变变数，创造预测。

2

美梦

我高中时赌气地和家里说，大二就不用你们养了，我肯定会经济独立。

2021 年 1 月，大二上学期期末，我赚了十万块。

“经济独立”也确实是我许了无数次的愿望。它实现得猝不及防，但又恰到好处。我可以给妈妈买不错的护肤品，给爸爸买不错的衣服。能够成为父母骄傲的资本，永远是我这辈子最骄傲的事情。

最近我做了一场晚会的总导演。我太喜欢做晚会了。第一次喜欢做晚会是听宣讲，有位学姐站在台上说出“我是今年开学典礼的总导演”的时候。到现在她都是我的偶像。

她是一位很努力的学姐，我总能看见她凌晨下班的朋友圈。她一直在做自己热爱的事情，在上海拼搏。她长得很美，我很少和她说话，但是我的心里一直把她当作努力的目标。我知道自己很幸运，那天我机缘巧合听了她的宣讲，从此我的整个大学生活就变得不一样了。很难想象，如果那天我没有走到剧场听她说出“总导演”那三个字，我现在会是什么样子。

我曾经和她说，我一定要做出一场让她觉得看得过去的晚会。后来我做的晚会，不知道她有没有看见，但是我起码兑现了我和她说过的话，我真的在努力。

这场晚会我也不知道为什么会那么用心。每件事情都自己过手的晚会包含了我太多的感情，有很多我的私心，也有很多我自己莫名其妙的想法，甚至连买什么牌子的水，以及一个元素的位置，我都会确认好多次。幸好有许多朋友帮我一起实现我的所有愿望。因为有了他们，我才可以有底气。

我有一支非常优秀的团队，甚至我在外面做了很多项目之后，我依旧觉得我的团队很专业。我们做晚会，比很多外包团队都厉害。

做晚会的时候也有小插曲，我和主持人理念不合，我直接摔麦离开彩排现场。现在想想，这种行为很不专业，但人总有幼稚的时候。当时，我已经快两天没吃饭睡觉了。

我的团队成员过来跟我说：“你要走的话，我们和你一起走。我们是因为你才来做这场活动，你要走的话，我们和你一起走。”

我太幸运了，能够被人如此信任。于是我回去了，我完美地完成了这场晚会，几乎零失误。

为了一件事情全力以赴的时候，满心的期待，满腔的热忱，所有的结果都值得骄傲。

能证明自己的机会少之又少，我太想用这场晚会告诉那些觉得我不行的人，我可以。对于工作，对于自己热爱的，我是不愿被否定的。

这个世界上没有东西是不变的，尤其是感情。只有钱和工作是踏踏实实的，是看得见摸得着的。

总觉得工作是我生活中最重要的部分。原来我也不知道为什么自己这么看重工作，直到那天和玫瑰小姐深夜聊天，我才明白，没有人喜欢工作，只不过这种比爱情更肉眼可见的东西可以给我更加踏实的安全感罢了。

爱情这种看不见摸不着的东西，我觉得我这辈子都不会去依赖它。感情给我的安全感，不如我自己的职位薪水来得更确切。

安全感这种东西一旦流失，找回来就太难了。虽然有最心动的欢喜和美梦，但灵魂只能独行。

3

人生长度和人生广度

这一年太不平凡，在这一年里我经历了太多的事情，不真实到我觉得我压缩了人生的时间。在这短短的二十岁人生里，我获得了不该有的幸运和机遇。

经历的事情多了，就会从考虑人生的长度变成考虑人生的宽度和广度。小时候总觉得人的一生很长很长，每天都从东边升起的太阳日复一日地在天上挂着，到了晚上，星星又会为它加班；一节又一节的数学课好像永远都上不完。

后来太阳还是每天都从东方升起，但是我很久没看见星星，虽然我知道它们还在那儿，但我就是看不见了。上大学后我也再没上过数学课。前几天上课的时候老师讲到导数，忽然回忆起自己的高中，每天一套数学卷子，踩着还没落下的月光去教室做第一个开灯的人。

星星会捉迷藏。数学课会上完。

忽然觉得人生怎么这么短暂啊，过去的每一分每一秒，在你的未来都不会重复了。

这不太一样的一年，让我觉得人生特别美好，有趣的事情很多，值得努力生活的理由也多了起来。很小的时候我就梦想经济独立，因为经济的自由实在是获得美好人生的第一步，我深谙这个道理。

我赚了第一笔钱之后干吗了呢？记不住了，我只记得当时觉得自己赚了第一桶金。那笔钱是字节跳动的工资，有一千多块，是我凭借自己的努力赚的第一笔钱。

后来拥有了很多机遇，我赚到了人生的第一笔六位数。

后来赚了更多的钱，我攒下了人生的第一笔六位数。

所有的坏心情，可能都会随着赚钱而烟消云散；如果不能，就是钱还不够。能够赚钱是成长过程中的一个台阶，总能让我特别踏实。钱和工作能够给我的安全感，几乎胜于所有其他东西。我能力不高，技术也不行，虽然会写点儿东西，但不够专业，却清高得要命。我的实力配不上我的心气，提升自己的底气是我要做的首要事情。

我是非常典型的狮子座，领导欲强，追求事情的完美性。

我总是没日没夜地工作，让自己过得疲惫却又快乐。我不放心把事情交给别人做，我深知机会的难得。我不想在任何人面前丢人，所以每件事我都亲力亲为。

我是一个不允许自己被看不起和不被选择的人，我希望让所有人知道，我的能力是这样，没选择我会损失很大。执念深的时候，我会透支自己，一个人劈成二十个自己用都没有关系，只要结果好，过程我无所谓的。

面试失败的话，我的第一想法就是，没招我是对方的损失。

对于工作的态度，我永远都是将效率放在首位，尽量高标准、严要求。工作对于我来说是快乐的，我希望它占满我的生活，让我能够沉溺其中。

我能够在工作中找到最大的成就感，几乎没有人否定过我的工作；别人给出的所有意见，我都会记下来，一条一条反思。我相信自己可以把事情做到 S 级（较高的等级标准），就算现在不行，未来的某一天做到也可以。

工作对于我来说是人情世故和专业能力的综合体现，最近我越来越理解“先做人，再做事”这句话。

最后我想说的是，目标和理想很重要，环境也很重要，但这些都不是决定性的因素，真正的决定性因素永远是自己。

外部环境改变不了，前方的迷雾散不去的时候，什么最重要？是自己的心。

我们永远都要去追寻自己热爱的东西，也要鞭策自己成为那个自己曾经最羡慕的人，实现那些在深夜里发芽的梦想。

而这些只取决于自己，无关其他。

我已经很久没有向家里要零花钱了，并且每个月给家里打两千元钱，买些礼物。其实这是我最骄傲的事情，我能够很早就让爸爸妈妈不为我操劳，让他们尽早解放，去享受他们自己的人生，并且能够在原来的基础上更自由一点儿。

经济自由后，我因为很喜欢旅行，所以给自己定了旅行指标：每个月出去看一次世界。我从小就喜欢旅行，尤其是一个人旅行，我总觉得这个世界上美妙的风景太多，趁着年轻一定要多看看。

上个月我在一秒钟内决定去青岛看 CBA，这个月去武汉和长沙。能够让我拥有说走就走的底气、能够支持我去看世界的最基础的条件就是经济独立。

经济自由后我才明白，投资自己是我做的最有价值的事情。虽然我还是舍不得给自己花太多钱，但是我已经改变了很多，我至少舍得给自己花钱了。

我换了用起来更轻便的电脑，买了平板和稳定器，换了更好的护肤品，买了新东方的网课。

轻便的电脑让我不再因为电脑重而减少学习的次数；平板提升了我记笔记的效率，便携，让我待在图书馆的时间增加，让我有更多的时间专注于学习新东方的网课。赚钱投资自己，就是最好的理财，因为这些花费会让你变得更值钱。

我也开始认真护肤和化妆。贵的化妆品不一定好，但是对皮肤的伤害一定会小一点儿。工作日化淡妆是使自己保持好心情和对别人礼貌。坚持每晚擦眼霜、补水，皮肤真的会改善。

生活的品质是自己创造的。我主要的开销都用在吃上。吃东西是幸福的，这件事情会极大地提升幸福感，疲惫与不适都会一扫而净。

我试着自律和自信地去过每一天，我没有负担，也没有过多要考虑的，这是经济自由带来的幸福。我还在努力学习如何花钱，如何能够有效理财，但是有了存款之后，我做任何事情都有了底气，毕业之后我有了更多的可能性。同时，我也深刻明白了学习的意义。

讲这件事情实际上是为了扣“人生的广度”的题，这是小学语文作文的常用技法。我初中的作文总被老师说没有结构，谁能想到几年后我能成为作家呢?

有些事情想得长远一点儿，就没那么痛苦了。我现在可以赚钱，那我以后一定会赚更多的钱。所以我现在的资本最大化利用就是提升自己，让以后的自己有能力赚更多的钱。

人生需要广度，这句话好像是我哪次喝醉之后悟出的道理。我小时候总爱在日记上写，我要被这个世界记得，无论如何，我不能白来一趟。

所以我做很多事情，都是为了被记住。我想被人记住，也想记住别人。

很庆幸我在不到二十岁的年纪就能够拥有机遇和自由，我更能看到生命深处的东西，而我最大的领悟就是学习的重要性，这件事我在以前是不可能承认的。同时，我更加珍惜自己的身体和亲情、友情，这些难能可贵的东西远比金钱更加值得爱。

人生太短，投资自己，让自己变得值钱，让生活品质成为今后的生活态度，绝对是当代最靠谱的投资。

4

这是又短又精彩的人生

昨晚做了个很不错的梦，梦里我想出来好几个文章的选题，在梦里记得清清楚楚，醒过来忘得干干净净。

前几天赶了一次特别的车，那是凌晨四点，从武汉到长沙的火车。

那天很冷，天气不太好，天空灰蒙蒙的，像很多凌晨赶火车的人一样，我的胸口也像是被什么堵住了。

那种感觉非常奇妙。

旅行的时候总能看到人生百态。城市中心那么繁华，交通线上的人行色匆匆。身边每个人都有自己独立的交际圈，都有独属于他们的秘密，但是我们站在同一片土地上，甚至刚刚我的指尖划过别人的衣服。

我们这辈子还会相遇吗？可能这辈子都见不到第二面；可能我遇到他无数次，只是我自己不知道。

我是一个拧巴的人，很多事情轻如蛛丝，我却束缚于其中。我总活在自己的天地里，以自己为圆心，去理解别人，去希冀别人，但是我发现，让我失望几次的人，我就会淡然地放弃他。我很难放弃一个人，却也很容易放弃一个人。生活里的场景，比如我看见凌晨大家在赶火车，能够让我想明白很多事。

很多人愿意过四平八稳的生活，很多人不愿意，颠沛是浪漫，但是浪漫死在时间的洪流里。

我越发觉得人生短暂，没做的事情那么多，怎么能把时间浪费在那些毫无意义的事情上呢？

这是又短又精彩的人生。

5

失败的面试

忙着活着，有的时候没有灵感记录下来。虽然心情激荡是种很难得的感受，但是每次去上海，我都有这种感觉。

这半个月我去了三次上海，我能够清楚地计算出从杭州到上海，再从上海回杭州所需要的时间。路痴了这么多年的我，也能做到不在路上耽误一点儿时间。

我去了两次米其林餐厅，在东方明珠 88 楼。往下看的时候，我觉得自己和这里格格不入。是的，上海非常瑰丽，它有很多古老的街道，一棵一棵的白桦树诉说着历史。

地铁上的青年在电话中讲着工作，手里握着文件，这就是上海。我看不见一个悠闲的人。

我去上海是去面试笑果文化的导演。

接到笑果文化面试电话的那天，我正为了很多琐碎的事而焦头烂额。

看到上海的电话号码，我还以为又是诈骗电话。不耐烦地接起电话的时候，却听见对方说："你好，我是笑果文化的HR……"

其实我的实习经验也不算少，传统媒体和外包公司都有，自己也做出了一点儿小成绩，但是接到笑果文化的面试通知，还是让我兴奋了好久。

我非常喜欢笑果文化，甚至只能用"非常喜欢"这样直白的词来形容这种情感。

我从《吐槽大会》的第一季开始了解笑果文化，那时候我还在读初中。我这个人天生喜欢幽默，小时候也是喜欢有趣的男孩子。

上大学的时候，我把能够成为笑果的导演列入了我的职业规划，进入笑果文化成为我的理想。

我从半年前开始一遍又一遍地往笑果投我的简历，我甚至可以准确地背出 HR 的邮箱。最夸张的是我曾连续一周每天都往里面投简历。

那周的周一，我打算放弃继续投简历，投入学习当中。周二接到了这通电话。

人在什么时候最兴奋呢？失而复得算一种，尽管这个词用在这里不甚准确。

我准备面试的材料用了五天，从企业文化到股东构成，甚至把他们的采访都看了一遍。我对这个公司有了更多的认识，也对“喜剧”和理想这两种东西有了不一样的看法，那是一种“我升级了”的感觉。

去面试的那天，我上午有四节课。在前一天得知，中午要打疫苗。

下课之后我穿着高跟鞋跑到接种疫苗的位置，排了一个小时的队，又留观了半小时。接着赶地铁去高铁站，时间紧得很，我非常后悔自己没有带一双平底鞋。

本该先吃午饭再打疫苗，但是我实在挤不出吃午饭的时间，在高铁上一边背自我介绍，一边狼吞虎咽地吃午饭。

上海很不给面子，下着不大不小的雨，晚高峰打不到车，一公里的路等车加堵车要 20 分钟，我只能踩着高跟鞋步行过去。

面试非常顺利，我觉得面试官们都非常喜欢我。这是我人生中一次非常愉快的面试经历。

回到杭州的时候，天已经黑了很久了。下地铁的时候，雨下得很大，眼前是黄颜色的夜灯，汽车的鸣笛声此起彼伏。身边的人快速经过，被驶过的摩托车溅了一腿的水。

有时候我会想大二时我才十九岁，为什么要让自己提前经历二十三四岁的事情，以后忙于工作的时间还有很多，我为什么要提前这个过程。

但这才是年轻吧，我想做什么便全力以赴。

尽管面试的时候，准备的东西几乎都没有用到，但是中间这个过程，我不会后悔。

我做惯了那种喜欢就要喜欢得感天动地的人，对工作的态度更是这样。

其实最后面试没有通过，但是这个过程足够让我记得好多年。大三的上学期，我又面了一次笑果，依旧没有通过，笑果文化从此失去了一个好导演。

但该相信的是，春来夏往，秋收冬藏。

6

我的初恋综艺

昨天《奇异剧本鲨》收官了。十期节目，录的时候觉得时间过得那么慢，播的时候又觉得时间过得那么快。

第一次正儿八经地工作，发生在杭州这个六月的盛夏。

阳光碎下来的声音太轻，听不到。闷热和潮湿充斥着鼻腔，但内心确实是满的。

那段时间是我最快乐的日子，我第一次觉得“快乐”这个词能这么恰当、准确地形容一段日子。那段时间，我认识了好多人。有很多人，在刚认识我的时候，都无条件地对我好，带给我太多美好的记忆。

做实习导演的这一个月，我日夜颠倒，没有一天是下半夜两点之前睡的。

辛苦，但是没有觉得累。这大抵是因为热爱的力量。

我大一、大二跟过很多项目，但是我没有跟过正式的综艺节目，于是我亲切地把《奇异剧本鲨》称为我的“初恋综艺”。我在里面接触了很多棚外综艺应该知道的“知识点”，也从前辈身上学到了很多经验。

我们都知道，不是所有人在刚入行的时候都能遇到善良可贵的人，我运气好，我一直都能遇到善良的人。

说起来，去原子娱乐工作是计划外的事情。大二的暑假我本来信心满满地想去笑果实习，结果面试了几次都没过。但是我觉得我的面试表现得很好，回答问题也没有什么差错。后来我就开始疯狂投简历，以至于那段时间整个人都很焦虑。我顺遂惯了，还不太能接受彻底的失败。那段时间所有的简历都石沉大海，但我认为自己的简历非常漂亮。

本来觉得没工作的话，就回家玩儿一夏天呗。第二天我在吃饭的时候，HR 打来电话，说我通过了《奇异剧本鲨》导演组的面试，第二天就可以去上班了。

我知道这个项目里有王源。今年是我喜欢他的第八年，不是为了他才投这个项目，但是这个项目确实可以让我见到他。

后来见到了王源，和想象中的样子相差无几，他就是那样的一个男孩子。

我喜欢王源的时间在我前二十年的人生中占据了五分之二。八年的时间，我因为这个远在天边的人做过很多努力。说来惭愧，我还没有去看过一场他的演唱会，我第一次见他，就是以平等的工作姿态交流。

在很小的时候，我不确定未来要干什么，也不确定要从事什么行业，考什么样的大学。后来我知道了王源。也不知道那是一种什么样的感觉，就是总想离他近一点儿。又因为我的性格和几个方面的情况，我觉得，要学传媒吧。

我就学了传媒。

高三那年，我每天都听他的 *Will You*：

I know you can make it through, believe in yourself.

When you feel you can't go on, give it one last try.

在我最艰难的日子里，是这样一个和我隔着一方屏幕的人，给我力量。

最后毫无疑问，这是我做的最正确的决定。

第一次见源哥，第一次和源哥说话，第一次拿到他亲笔写的物件，“初恋综艺”满足了我走上这条路的心愿。

其实我做执行导演经验很多，所以适应得很快，第二天就能掌握应该做什么，应该怎么处理一些事情。大家都很喜欢我，也很愿意教我东西。

在传媒行业，每个实习生都会有自己的老师。当时我在原子娱乐的时候，带我的导演叫“春哥”。

直到今天，他也是我见过的非常优秀的导演之一。他做事情很有逻辑，总是亲力亲为，从来没有把自己放在特殊位置上，能够在现场极度冷静，善于应变，好像场子里有了他，所有人的心都会很安定。

有一天统筹艺人服装，我加班到很晚，终于把各种信息给了春哥。和编剧对完内容之后，我们和春哥一起下班。

“你觉得今天让你做这个你学到了什么吗？”春哥一边拿外套，一边问我。

我甚至分不出这是陈述句还是疑问句，我看着他不敢说话。

“可以做减法，但是不能让别人给你做加法。”

我们选出很多服装参考，编剧们一点一点儿往下筛，最后总会剩下满意的，这是减法；如果我们一套一套地拿给他们，不满意就要返工，这是加法。

其实我觉得春哥不仅是在说服装，虽然我不知道这说明了什么道理，但是它确实能教会我点儿什么。

我和他交流不多，但是我总觉得他用实际行动教学。

大家都挺认可我的做事逻辑。其实我最开始的时候，也是一个遇事只知道推脱的傻瓜。那是我第一次跟广告片的拍摄，做助理。我马马虎虎地把艺人的芬迪腰带挂到架子上，然后忘记了。

离开拍还有一小时的时候，经纪人问我腰带在哪儿。我找了又找，就是找不到。

我非常慌乱，说："不知道，不是我拿的。"

可是这个工作明明是交给我做的。

当时我所在组的负责人叫吕良。他没有指责我，思考了几秒钟之后问："这边有监控的吧？"

他带着我一起查了监控，发现挂腰带的架子被推到门外了，腰带顺利找到，之后顺利拍摄。

结束拍摄之后我向吕良老师道歉。

他对我说了至今令我印象深刻的话："有事情我们先承认，想办法解决，最后才是解释。"

这个做事情的逻辑我直到今天还在用。

我后来也自己带团队，这是我的团队所有人的做事情的逻辑。

我也靠这个做事情的逻辑，越走越远。很多人说我工作不错，说我有做这行的天赋，后来才发现绝大多数人都没有什么天赋，都是一步一错、一错一正地成长罢了。

于是我明白，早犯错是好事儿，在学校犯错是好事儿，学校包容度高，犯错有机会纠正，比在社会上犯错的成本低得多。

那个组里的所有人都对我很好。

我也不知道这个组从什么时候开始工作的，我是组里最小的工作人员，有的老师还会喊我“未成年”。我受到所有工作经验丰富的老师的照顾，他们会和我亲切地聊天，教我很多事情。

第一次和摄影指导打招呼的时候，我喊了他“叔叔”，然后就慢慢熟悉了。他真的是一个可爱的叔叔，为人很可爱，而且很谦虚。他说，他不是摄影指导，这是别人捧起来的。摄像老师们总穿着黑色的衣服，在一起开会的时候很有气势。

美术老师是一个很高冷的男生。他其实是搞电影美术的，我们这个组里只有他一个美术老师。我们有很多图要做，每晚我都要去帮他找素材。他刀子嘴豆腐心，虽然话很少，但我觉得他其实是温柔的。每次在一番冷漠无情的批评之后还是会一张一张地给我做图。

所有的制片老师都对我很好。有一天我因为一天内发生了很多不愉快的事情，一下子哭了出来。我以为没人发现我的情绪变化，但是制片老师拿了一杯冰可乐给我，我一个人在小房间里，觉得才认识几天的朋友，怎么会这么温暖。

还有个道具组的北京大爷，贼凶，但是学识渊博，有时候也会和我说很多他刚入行的故事。

我喜欢这个行业的一个很重要的原因就是，每去一个组，每到一个地方，都会认识很多人，这些人或多或少地会给我的人生增色。

我从没觉得自己是一个厉害的人。出了学校我才知道，每次遇见的人、经历的事，都让我比同龄人更加懂得如何处理事情。

我觉得我有很多值得炫耀的东西，也有很多说出来贼牛的故事，但是我知道换一个行业，这些事情就像是轻飘飘的羽毛一样没有任何用处。

我见过那些很喜欢炫耀的人，尽管我觉得他们的故事平平无奇，他们还是会以这样的故事给自己加冕。

人生很奇妙，做过的事情都会让你成熟。这句话很土，但是实在。

我喜欢那里，真的，我这一年最美好的记忆都源于那里。

第一次进的场地是一所学校。我跑来跑去，跟着这个跟着那个，跑了一天，大家都认识我了。

执行的时候，坐在地上靠着硬石板睡着了。到现在腰还疼，脖子和颈椎也总酸痛。

一个路痴，到节目录完还记不住动线，只能凭着自己画的小地图走。

第一次审片听了大家的很多意见，才知道原来片子要这么审，然后第一次去后期制作公司熬大夜看素材。

第一次做综艺执行，我觉得我热爱这个职业。

还有一件印象很深的事儿。在置景的时候有很多小熊摆件，我们导演组觉得道具太多了，想要丢掉。这个时候道具老师说：

“要是没用的话我可以带回家给我女儿吗？她很喜欢小熊。”当时我的眼睛就湿了。

小时候我很喜欢气球，妈妈看到气球就会想到我。那天给家里打电话，妈妈说在路上看见卖气球的，很想我，因为她的女儿虽然已经二十岁了，却还是很喜欢气球，像个小朋友一样。

7

第一本书

高一的时候，老师让我们写愿望纸条，写下最想完成但是很有难度的三个愿望，说是十年之后再看，会很有趣。

我写的是：出一本书，经济独立，见到王源。

四年过去，这些愿望都实现了。

其实出一本书这个愿望，我从小学就有了。小时候我觉得出书是一件很值得显摆的事情，可以跟别人说："看，作家曾岩。"

虽然我现在觉得写书的意义太复杂了，但是比小时候纯粹很多。

我很喜欢阅读，家里的杂志差不多有一千本。我看的书刊很杂，从《百年孤独》到《你当像鸟飞往你的山》，从《半月谈》到《环球人物》。我是从初中开始投稿的，仅被刊出过一次，倒是一直在坚持写。高中时候喜欢写诗，我看了很多海子和汪曾祺的书。

出书这件事是我在二十岁的时候做到的。笔下的字被印成了铅字，我的名字被印在了作者那一栏，宣传的时候我的头衔是——青年作家曾岩。

高中写的东西，在第一本书里，一字一句，经历了这么多事情，这么多年，承载着我微不足道却又沉重的梦想，销量已经超过了 10000 册。

那本书从策划到出版用了半年多，里面都是我的心血。

我第一次在西西弗书店看见自己的书，它被明明白白地摆在了重点文学那一栏。这十几年的愿望实现了，就好像是一场梦，极度不真实。

我的书可以在书店买到了，我终于不仅仅是梦想家。

而现在这些字，会出现在第二本书里。

我最喜欢的剧是《爱情公寓》。每季至少看了几十遍，从第一季到第五季的十年，贯穿了我的整个青春。我喜欢它的原因就是，一切没有尽头，却又因果相关，没有结局。最后吕子乔终于娶了陈美嘉，小貂蝉终于嫁给了吕小布。生活和《爱情公寓》很像，我们那么努力地生活，总会完成那些愿望的。

工作和这样那样的执念，造就今天的我。这是我的工作手记，不仅是我的，也是很多人的工作手记，因为总有要完成的事情，总有要实现的梦想。我们大踏步地向前，路是没有尽头的。

每年写年终总结的时候，我总是害怕下一年不如今年，但是实际上，每一年都在或多或少地变好。

今年的圣诞节，杭州下了雪。这是杭州的初雪，我向初雪许了愿。过马路的时候，我觉得马路很幸福，每天都可以过圣诞节，因为它有红绿灯。我相信，想要做成的事，只要是对的，总会是那样的。梦想不都是用心血浇灌的吗？

愿你亦如是。

天气晴

卖炸鸡的叔叔每周都会把摊位摆在学校前面那条街的拐角，他会把鸡肉炸得很脆，连骨头都是酥香的，鸡肉撒进翻滚的油里，用不了很久就会出锅，刚炸好的鸡肉在东北零下十几度的寒冬里散发着比平日浓烈千百倍的美味气息。

1

回家

其实我是不愿意回到家乡的小城的。在杭州生活久了，回到这儿让我很不习惯。回家唤起的记忆深刻又缥缈，我尽管在这座城市生活了十多年，但还是和它疏离又陌生。

我花了很多时间，好不容易才从蹩脚的东北口音变成了尽量标准的普通话，我拼了命好不容易才逃离了那个匮乏的小城。从小所有人就告诉我安稳的生活才是生活，但我好像是天生的冒险者，我爱极了那些不确定和波动，好像和我身处的世界格格不入。

小时候，每周二大家都会赶集，那是一种类似群体线下购物节的活动。卖百货的小贩会有序地在路两边排开。我已经不太能回忆起其他小贩了，但清楚地记得卖炸鸡的叔叔每周都会把摊位摆在学校前面那条街的拐角，他会把鸡肉炸得很脆，连骨头都是酥香的。鸡肉撒进翻滚的油里，用不了很久就会出锅。刚炸好的鸡肉在东北零下十几度的寒冬里散发着比平日浓烈千百倍的美味气息。炸鸡叔叔脸上的胡子很多，每次都能看见他穿着那件灰黑色的外套，戴着溅了油花的红色格子的套袖。

能买到那家店“每周限定”的炸鸡，回教室走路都会神气起来。

那时候是小学，好像烦恼怎么也找不到，快乐怎么也用不完。那时候我最好的朋友是一个很漂亮的女孩儿，住我家隔壁，笑起来有深深的酒窝。她的爸爸总会出差去很远的地方，每次回来都会给我带很多零食，比如印着外国人头像的巧克力和一烤就“滋啦滋啦”冒着香气的牛肉干。我们俩会一起吃巧克力，一起挽着手边走路边谈八卦。

原先她的成绩要比我好一些，后来她初中的时候喜欢上了一个男生。年少的男孩子哪能承受住沉甸甸的感情呢？他们分手后，她的成绩滑得很快，我们没有考上同一所高中：我如愿考上了重点高中，她去了普通高中。不久后我搬家了，我们不再是邻居了。

原来，有的朋友，不会吵架，也没有发生任何事情，甚至你记不住怎么见的她最后一面，或许非常平静，你们像往常一样告别，却没想到再也没有联系了。

有时候可以刷到她发的视频。她现在更好看了，一笑起来眼睛弯弯的，和小时候一样，看起来很善良。

很多次打开和她聊天的对话框，我却不知道说点儿什么，几年过去，连她的生日都记不清了。

但是我的童年中所有有趣的小秘密，都留在那些年和她一起挽手逛文具店的日子里了。

很小的时候，班里好像还没人戴眼镜。从三年级开始，陆陆续续地有人近视，戴起了眼镜。每到周一，看到同学新戴了眼镜，大家都会去询问一遍，好像是件很值得炫耀的事情，于是五年级的时候，近视五十度的我也戴了眼镜。

我的眼镜是矫正眼镜，一个镜框里面有两个镜片。我当时觉得自己这眼镜太高级了。现在看起来，我当时是什么审美啊，怎么会选这么丑的镜框。

当时的座位也很有趣，我因为个子矮，总被安排在第一排。后来上了初中，被安排在讲台旁边的座位，那个位置只有两种人能坐：最调皮捣蛋的学生和成绩最好的学生。还好我属于后者，但是我兼具前者的特质。

当时的校服是蓝白色的，校服松松垮垮，于是门口裁缝店改校服的生意兴隆得很。学生们都把肥肥的校服裤子收紧，让千篇一律的校服看起来“时尚”一点儿。冬天的时候，一些女生不喜欢穿秋裤，也不喜欢穿高筒的袜子，东北的风凛冽地吹，她们倒也不觉得冷。

我不喜欢穿校服。小时候奶奶带我去做过一件旗袍，我一直没怎么舍得穿。那家店里做衣服的老人拿着皮尺给我量了尺寸，一个月后，我拿到了人生第一件私人定制的“礼服”。身高每年都在变化，第二年，我就不太能穿得上那件原本合身的衣服了。

小时候，爸爸有时会开车带我去市里买东西，开一个小时。我觉得一个小时好久哦，路边的风景都变了很多。一个小时里我可以睡一大觉，然后看相同的树透过汽车的钢化玻璃一棵棵划过我的眼前。

后来在杭州，总要在影棚和学校中间来回，打车一般一个小时起步。我忽然觉得这一小时很短，路边没有风景，相同的车透过汽车的钢化玻璃一辆辆划过我的眼前。

还没有睡着，脑子里的事情还没想清楚，目的地就已经抵达了。司机师傅礼貌地说：“请带好您的随身物品。”我好像什么都没落下，但是我又觉得，那一小时，我在那方寸空间里，落下了太多东西。

我好像从小就蛮喜欢钱的，而且有些爱炫耀和虚荣心，所以我拼命赚钱。我不想为钱发愁，我想让钱为我工作，而不是我为钱工作。我一定要为了热爱，为了改变这个世界而工作。

改变世界听起来怪滑稽的，可是我觉得写书也是在改变世界。看见我的文字的人，聆听我的故事的人，哪怕使他改变的仅仅是一个小小的想法，我也是在改变世界。

我运气好，我用这借来的时间实现了自己的太多愿望，于是我拼命地努力，想尽办法变好、变优秀。

我总在想，为什么我没有更多的时间？因为我每天刷各种软件：小红书、抖音、知乎。这些软件总会推荐给我很多成功学，各种我觉得重要的知识，都让我觉得要好好学习，好好记录，可是这么多这么杂的知识，人怎么能全学明白呢？

人越疯狂地渴求知识，越达不到好效果。想要的太多，结果什么都得不到。力不从心是我今年最大的体会，我想做 IP，做品牌，我想拍出很多片子，想让工作室赚很多钱。

我想学习雅思，同时成为一名名副其实的作家。但是人，或者说是我，一个阶段只能做一件事情。

两件事情同时做，我就会焦躁，并且两件事都做不好。这个假期我本来想一边学英语一边写作的，后来我发现，不行啊，我果然还是得先写作。

我的假期，早上六点半起床，运动半小时后吃早餐，然后开始写作、睡午觉、上舞蹈课，然后再继续写作、运动，晚上十点左右睡觉。

我应该做到了比大多数大学生自律。因为我很怕自己失去这运气，我知道那些成功的人最基本的要求就是自律，所以我不敢懈怠。那运气是突然降临的，让我短时间内实现了太多愿望，但运气不是常有的，命运也不会永远眷顾一个人，能改变的只有自己，只有不断自我提升，才能不被别人淘汰。

我这么努力，又不是为了成为普通人。

我回到这座城市不久就又要离开，这一离开，怕又是一年。超市在快过年的时候摆满了红色的年货，有各种礼盒，我喜欢逛这时候的超市，因为买那些红彤彤的东西，也会心情愉悦。很令人恍惚的是，正月十五一过，超市里就不再热闹了，那些红色的礼盒不见了，超市又恢复了往日的平静。也不知道那些没卖完的礼盒去哪了。

有很多记忆，好像都只存在于这座东北的小城。

这小城，每走一步都有记忆。于是，我每年也期盼着回家。虽然这里没有杭州繁华，但是我在这儿有家，我可以清楚地说出最好吃的烤冷面店，虽然路痴，但是可以准确地找到我最常去的奶茶店。

这里的泥土上有我的脚印，空气里有我的鼻息。这里的太阳更暖一点儿，也可以看见星星。我回来两天就可以自动切换到东北话，去路边摊称水果的时候不用担心会被当作外地人而“享受”高价格。

对了，这里的路边小贩，就算你是外地人，他们也不会报高价的。

家里的糖葫芦价格比杭州便宜一半，烤红薯也好像更甜一点儿。雪场的游客很多，我今年想要学单板，滑起来很舒服，又适合拍照。

我喝了十几年这小城的水，如今还是喜欢啊。

2

“对立统一”这句话值两分

第一次看见“竞争对手，视为同行”这句话的时候，我反复看了很多次。

这句话蛮有意思的，竞争对手明明是对立面，但他又是你的同行，只有同行才能成为竞争对手。

和而不同，对立统一。总是有这些充满哲学意味的事情，在生活里面刺激着某个细微的想法。

高中的时候，政治老师总说哲学那章最难学，但是拿分最容易。“大题的时候只要材料体现了这层意思，写‘对立统一’这句话值两分。”

为什么最难学的章节最好拿分呢？这也是对立统一吧。我至今也不是很明白高中政治里的一些规律，那些哲学原理，每次认真去想，就会头疼。

那天看新闻，说盗猎者猎杀藏羚羊。藏羚羊是国家保护动物，所以盗猎者是有罪的。

后来去菜市场买菜，看见一条一条新鲜的猪腿肉和肋骨条码在案板上，殷红得扎眼。

藏羚羊和猪有什么区别呢？区别很大，不然我们每个吃过猪肉的人，就都是有罪的。

3

原来男生失恋也是会难过的

咖喱先生是我最合拍的工作伙伴。我所有的片子，导演都是他。我很信任他，跟信任我自己一样，他也是我所有晚会的执行导演。

他是很稳当的人，在任何时候都处变不惊。我是情绪化的人，他就是我情绪化时的镇定剂。

我觉得这就是工作伙伴合拍的意义，像两块拼图，只有互补，才能拼凑完整。

他喜欢周杰伦，熟悉他的每一首歌。他和他女朋友的故事也很有周杰伦歌曲的感觉：过马路时的表白，自然而然的恋爱。

他做我的导演，他最好的三个朋友做我的制片、录音和美术。我的第一个片子开拍之前，邀请他们四个来家里吃饭。

那天咖喱先生情绪不是很好。我很疑惑，开玩笑地问："怎么，给我拍片子不开心啊？"

后来我才知道，那一天，咖喱先生与女友分手了。

我没怎么见过男生失恋的样子，在我的印象里，男生失恋应该不会很难过吧。

他没有哭，平静地和我说着他的想法。他像平常一样情绪稳定，我甚至没法判断他的眼神里到底藏着什么情绪。

他说："她说过 99 次分手了，那最后的分手，总该我来说一次了。"

"她和我在一起没有变得更好，我想她离开我会好一些。"

咖喱先生的酒量不赖，但是那天他喝了半瓶红酒就烂醉。原来男生失恋也会难过。我不知道，男生说出分手的时候，还可以是爱着的。

后来那部片子的文案，他偏要改，修改后的文案明明就体现着他女朋友的性格。我其实很反对在工作里面掺杂感情，但是我默许了那些话，因为我知道，他想用这部片子纪念那段感情，这也是浪漫的。

那部片子的副标题是："岁月漫长，有些人再难相见，难免哽咽。"

4

北京爱情故事

苏是北京人，于是我去北京出差的时候，找苏请我吃饭。

其实我和苏是半个老乡，加上他是我大一时所在的部门的部长，自然而然地关系很好。他的女朋友珏是我在大二当部长时学生会的主席。我和珏的关系也非常好，在一个被子里聊过天的那种。珏是那种冰雪美人，性格也温柔，为人处世让人非常舒服。我搬到外边住之后，总找他俩来家里吃饭。

我和苏去胡同里吃了涮羊肉。蒸汽腾腾升起，我透过火锅蒸汽和苏闲聊。其实他和珏很像我的家长，总能出现的画面就是，他俩一人一句教我人生道理。

他俩看起来很像兄弟。苏比珏高几厘米，不像其他情侣那样牵手走路，苏总会胳膊搭上珏的脖子，搂着她走。苏每次都会自豪地和我说，珏很好看，而且是天然的好看，化不化妆都一样。

他们来我家做客，我们一起在半夜吃烤猪蹄，就着柠檬茶和榴莲披萨。烤猪蹄的辣椒粉沾到嘴角，手套也沾上了辣椒粉。我们一边聊着琐事，一边听着珏喜欢的音乐。我甚至觉得，十年、二十年后，我们也会这样坐在地板上，聊很多家长里短。

我每天都在说我要极致浪漫的爱情，我要那种轰轰烈烈的恋爱，我的性格就是张扬的，我也要张扬的爱情，但说实话，我很羡慕他们。他俩的爱情是那种带着小巷子烟火气的爱情，踏实，让旁人都能看得见未来。

5

剪辑人生

想到“人总是要死的”这句话的那天，我觉得，我还是没能完全理解这句话，不然我应该达到完全通透了。

人总是要死的。离开这个世界的时候，带不走任何东西，我们用借来的这几十年的时间在人间旅行，又怎么能对不起这时间呢？

我学广播电视学专业，导演很重要的一项技能就是学习怎么在短短的时间里制造情感波动，制造反转，然后渲染情绪。作者也是如此。人生的剧本在暗处，可是我们总可以做自己的导演。

我把生活当成了电影，努力创造生活的剪辑点和波澜壮阔的情节。人总是会死的，那些不必要的纠结，浪费时间的情感，想不开的，也该想开了。

但这并不是借口。或者说这句话可以换个说法：起码现在我活着。

人的一生真的是一部电影。这人来了，你把他剪辑成了主角，你渲染环境氛围，演绎那些曲折情节。但是在他的电影里，你会不会只是一个配角，连一句台词都没有呢？我不知道。

现在回想在我生命中浓墨重彩的人，我好像都没资格在他们的电影里做主角。那些我自己记录的细节和巧合，只能在我的人生电影里出现。我剪辑我的人生，他们剪辑他们的人生。在有些人的人生电影中，我连配角的资格都没有。当然，我也做了有些人人生电影的主角。

我的人生电影精彩极了，和那些平庸的电影不同，所以，能进入我的电影里，该是他的荣幸。

6

天气晴

大三开始的时候，有很多组喊我去做执行导演，我拒绝了。

回忆在杭州上学的这两年，我一直在努力工作，从来没仔细地体验过学校生活。我是喜欢做导演的，但是大三上学期，我忽然想休息了，可能是因为想明白了很多事情。

有很多人跟我说，未来四五十年都要工作，能拥有自己时间的日子，可能只有大学这几年。我搬到外面住，过自己的小日子，初衷明明是享受校园生活的，却成了享受自己一个人的生活，倒也不错。

家里所有的东西都精心布置过，桌面上总放着两枝鲜花。

下课之后回家自己做饭，想第二天的菜谱，把冰箱收拾得井井有条。

上课之前焖好米饭，下课回家一开门就闻到满屋子的米饭香味。一边看喜欢的剧，一边吃饭，晚上再伴着音量调到七的电视睡觉。

认真生活真的是件值得骄傲的事情。

我之前去过《奇异剧本鲨》节目组做执行导演，我还想参加下一季的录制。其实我对剧本杀的了解不是很多，于是我这学期去玩了很多次剧本杀。四四和我就总往剧本杀店里跑，最常去的那家在我学校旁边，叫蜂蜜剧本探案屋。

久而久之，我和店里的老板关系处得很好，他们的王牌DM（主持人）山楂是个帅哥，而且性格非常好，我和四四跟他们成了好朋友。大三上学期，我和他们在一起的时间最多。

我们都管这家店的老板叫曾老师。他其实也才毕业一年多，我却觉得他的年纪好像比我大很多。他处理事情感觉很老成，他是很理想主义的人，我觉得他和我在某个方面是共通的。他和女朋友臭臭在一起五年了，他们走路的时候，连步伐都是一致的。创业是很辛苦的事情，但是有臭臭陪着，我倒觉得曾老师的创业之路也没那么艰难了。他很有自己的想法，所以当他和山楂跟我说希望我写剧本杀的时候，我没有犹豫就同意了。

写这本书的同时，我也在写两个剧本杀的剧本。我知道剧本杀的发行宣传很重要，曾老师的店其实刚刚起步，说实话，能卖出多少本和我能拿到多少钱息息相关，但是我总觉得和频率相同的人一起工作是快乐的，而且在没那么缺钱的情况下，我总要做些理想主义的浪漫的事情。

我构建一个个新的世界，创造出一个个人物，每个人物的灵魂里都有我的情绪碎片。我的人物关系图纸有半面黑板那么大，那张纸就是那个新世界。

我当然还是写悲剧，那些人物的结局并不快乐。我总是在想，要不要给他们好的结局，但我还是没有那么做。那天看到一句话：真正的悲剧不是车祸，不是天灾，而是所有的事情都是照常发展的，但还是没有好的结局。

生活不大都是这样的吗？

写剧本杀之余，我把山楂拉来当我片子的男主角。王家卫风格的片子很适合他，他的声音也很配我的文案。他尽管看起来吊儿郎当，但工作起来很认真，会对情节提出自己的看法。接触下来发现，他真的是很善良单纯的人。

我的生活已经很辛苦了，所以我只能和善良单纯的人做朋友。那次我和四四找曾老师聊工作，山楂来得晚一些，他带来了新朋友，叫统一，因为比我们大一级，我礼貌地喊了师哥好，那时没有想到之后和他关系那么好。

统一和山楂的关系很好，我总是觉得好朋友的好朋友格外亲切和熟悉，不觉得是陌生人。他的性格很好，大四就签了知名独角兽企业，业务能力一流。

和统一变成好朋友，也是很巧合的事情。偶然的机会他和我聊到简历，我就问他能不能帮我看看简历，我对他能多认真地看我的简历其实没有抱很大的期待。

出乎意料的是，他给我的简历提出的修改意见占满了微信的聊天框。从内容到版式，非常有条理，我一条一条地做了笔记，然后修改我的简历。

简历改了一周，我们也逐渐熟悉起来了。他是会让人很有分享欲和交流欲的人，我提出的问题他都会很认真地回答，证据就是一条又一条几十秒的语音。

和他相处是很舒服的事情，他会时不时地分享一些自己的日常：他刚拿驾照不到一个月就把车撞了，早上会被弟弟的哭声吵醒，哪天又学会了做新菜，还有十足的恋爱脑。

因为工作，他搬了新房子，去了新城市，他和我说他在那座城市没有一个朋友。

好像从上学到工作，人忽然就长大了太多，习惯孤独是第一位的。我有时候也在想，我可以接受没有朋友的生活吗？可能我会选择留在杭州或者上海，我很难迅速适应一座城市，尤其是那座城市一个朋友都没有。

其实我很多朋友都在上海，上海到杭州的高铁不到一个小时，可就是这么短的距离，我和朋友们也总是很久不见一面。

树先生毕业之后就去了上海，他走之后，我努力学会独自面对所有棘手的事情。怎么做晚会和怎么做人，都是树先生教的。我喊他师父喊了三年了。

我第一次做晚会总导演的时候，开场前总要先看一眼他的方向，看见他在，我才会喊“3、2、1——开始”。

我第二次做总导演的时候顺手很多，但因为是省级晚会，我还是有点紧张，一遍一遍确认流程。那天树先生给我发了一整版的导演流程表，有每个环节要注意的事项。

那次晚会他坐在控台那边，那是剧场的最后面；我坐在第一排，那是剧场的最前面。

观众入场，晚会开始，灯光师把推杆推上去，灯光逐渐亮起来，音乐震动着地面，LED 屏幕的光打在主持人的肩膀上。

我依旧确认树先生在，才喊了“3、2、1——开始”。

好像他在，我就是有底气的小孩，我就可以应对所有艰难险阻。

在他毕业之后，我遇见难处理的事情的时候，我就会想，师父会让我怎么处理呢？他不在我身边，却好像在我身边。

我大一的时候，他总说我情绪化、太感性，没有领导的气质。于是我在整个工作过程中是个凶巴巴的角色，不容许出现一点点的错误，但他还是跟我说，不够。

后来，他对我的评价变成很好的时候，我很慌张，我以为我做错了什么让他不想再管我了。他说没有，是真的很好。

我是很想得到别人认可的人，是很典型的正向激励人格。高中的时候我的数学成绩好，我就很喜欢数学，拼命地做数学卷子；学英语发现有了明显进步，就更喜欢去练习英语。

但是在树先生那儿例外，他越觉得我不行，我就越想证明给他看。我一定要成为他最优秀的学妹，我是他教出来的人，怎么能不行呢？

在大学里面，我做了太多乱七八糟的职业，体验过不同职业的不同生活，遇见了一些没有令我变好的感情，但我最感谢的就是一直能遇见好的朋友、好的工作伙伴，一直能遇见善良的人。

这是我感恩的事情，也是我的运气。

前几天月亮小姐给我发消息，这其实是久违的联系。

我不知道怎么去定义我和月亮小姐的关系，高中同学兼笔友准确些。前段时间我们通了个电话，我明显地感觉到我们之间的生疏，但我们本是很亲近的朋友。说实话，论写作我不及她，其实她可以是很好的作家。

我知道，她很了解我，她知道我想要什么，也知道我是什么样的人，即使我们两年多没见，她也是很懂我的人。于是我说，不然你写写我吧。我其实是想知道，现在的我在她眼里，或者在别人眼里，究竟是什么样的人。她写我用的题目是——请一定要幸福。

如果你认识二十岁的曾岩，那你认识的是一位作家、一位导演，是 Manchuan 的联合创始人。

但如果你认识十七八岁的曾岩，那你认识的还是个上晚自习时会传小纸条的小姑娘。

她写长长的话给我，有时用笔记本的活页纸，有时用印多的试卷充当的草纸。折好的纸面上写着我的名字。一张小小的纸条要躲过后门教导主任的目光，辗转经过几个人的手才落到我桌面上。我只看一眼，就清楚是她的字迹。

她从那时起就无比确信自己选择的道路。她无数次在小纸条上写，要写书，要做大导演，要有很好的爱情和很精彩的人生。

其实那会儿我从来没想过，她能把小纸条上的梦想一一实现。

我们在县城里读高中。在一面镜子都没有的高三楼里，没有人和我们谈理想，我们唯一的目标就是考高分，进入一所还不错的大学，选择一个世俗意义上的好专业。在每周都能收到成绩单的日子里，理科生谈论土木、计算机，文科生谈论法学、金融学，但不会有人谈论编导。在小城人的眼里，那是成绩不好的学生选择的专业。

这很狭隘，但风气如此。

我就循规蹈矩地走在世俗画定的道路上，从来没有怀疑过，也从来没有打算逾越半步。所有人都告诉我这条路是正确的，于是我就觉得它是正确的。以至于当年曾岩和我说要学编导的时候，我觉得她多少是有点儿疯的。

在一个批量制造高考机器的地方，你有了不合常理的理想，而你还要付诸实践，这在很多人看来简直是大逆不道的。

我能想出一百个劝她不要学编导的理由，比如不稳定、不透明、不划算，但我知道我说什么都没有用，她已经决定要做这件事了。如果因为几句话就改变主意，她就不是曾岩了。

2019 年的夏天过后，她以六百多分的高考成绩去了杭州，去了她跟我念叨过好多次的学校，学了她喜欢的专业。她在多雨的江南给我写信，熟稔的字迹经过上千公里的颠簸，抵达满眼黄土的西北。

这是我们曾经的约定。以后相隔再远，也要给彼此写信。我们分享了彼此的高中，度过了两个人的三年。那么以笔墨为契，我们还要一起走过下一个三年。

只是我太擅长爽约，回信一拖再拖，终究没了后文。

在生活轨迹不重合的日子里，她把小纸条上遥不可及的梦想变成了现实。好像是突然之间就看到 Manchuan 有了很多粉丝，她开心地告诉我几个月后就可以买到她的书，她在一次实习里见到了她喜欢了八年的男孩。

我很少开口询问她现在的生活，我知道她遇见了很多很好的人，她变成了自己期冀中的模样。这就足够了。

前些天我有一份采写的期末作业，我找到曾岩，我说，我想采访你。当天晚上我们通了一个多小时的语音电话，我问了十几个问题，但其实大多数答案早就写在高中那三年的小纸条里，储存在我的记忆中了。我唯一惊觉的是，一直以来我都低估了她的热爱。我问她为什么从大一开始实习时，我内心预设的答案是早点做职业规划。她告诉我，是因为热爱。因为被压抑得太久了，一旦有机会接触到自己热爱的东西，就会奋不顾身地扑上去。

她在事业上一直很清醒，唯独感情上常常糊涂。

她喜欢段先生好久。她在小纸条上写他的名字，写关于他的故事，一次又一次。当我再次展开小纸条看到段先生的名字，就知道她的喜欢有多热烈。只是旁观者清，我太清楚，他们已经不是一个世界的人了。段先生走到那儿就停下了，而她还有那么大的世界，那么好的未来。

她实在喜欢段先生，于是我实在讨厌段先生。我见不得她为了一个男人难过，不停地对她说你会遇见更多的人，比他好看，也比他优秀，你得放下过去，快点儿到未来看看。可曾岩说，那些人都不是他。她就像溺水的人，抓着曾经的那点儿甜，如同抓住了救命的竹竿，迟迟不肯放手。

傻透了。无药可医。

她说自己是一只鸟，我拉不住她，就看着她在空荡荡的广场上扑扇着她的翅膀。最终也没飞起来的鸟拽着我的胳膊，睁着蒙眬的眼问我：为什么他不喜欢我呢？为什么呢？

我不记得我是怎么回答她的。有那么多人喜欢她，她偏在意一个不值得的人。第二天清醒了，她不嚷嚷着要飞了，可她还是喜欢他。

我不知道怎么会有人把感情看得这样重。我一直以为人在感情里的热忱始终是有限的，被冷水浇透了一次两次，也就不会有第三次了。可她一次次地面对分离，一次次地为段先生掉眼泪。然后她告诉我，遇见段先生，她从未后悔。

喜欢就喜欢了，她从来不问值不值得。

对于感情不顺这事儿，曾岩现在挺坦然的。她说自己的运气已经足够好了，所有的事情都已经足够好了，感情不好也可以接受，总不可能什么都好吧。

她写惯了悲剧，容得下这点儿不圆满。可我容不下，我就是喜欢看事事美满如意的结局。人生还这么长，她一定一定要遇到那个足够好，也足够深爱她的人。

我最初遇到曾岩，是在分班之前，在高中小小的文学社。文学社每周一次活动，在七楼有落地窗的教室里。傍晚的阳光就那么照进来，我们在同一个空间里写诗，写脑海里翻涌的句子，写一首歌的故事。

文学社的社名叫雏凤——“桐花万里丹山路，雏凤清于老凤声”。那时我们都相信，青出于蓝，前路必然锦绣灿烂。

从前常说未来可期，如今未来已来，倒也不必再多祝福。只是二十岁的曾岩呀，请一定要幸福。

我没想到，但是也在意料之中，月亮小姐对我的祝愿是“一定要幸福”。

我总过着那种我要再翻多少页日历才能见到他的日子。我的生活盛满了苦味的爱情。因为我太喜欢付出，付出得越多，就越覆水难收，越觉得要加码。

后来我遇见了能够治愈我的人，我也带着这份治愈走下去，我知道愈合不是件容易的事情，但是幸好我可以遇见很好的人。

我运气好。

如果要给这篇文章收尾的话，应该是用那句我很满意的句子：青山隐隐路迢迢，我多想今日天气晴。

看日出的那六十天

好像低头冲个咖啡的工夫，黑夜就被黎明吞并了，太阳喷薄而出，黎明的色彩渐渐晕染了整个天际线。我本就喜欢看这深冬里的自然规律演绎，放假两个月，我看了六十次日出，我想，浪漫大概是一种本能吧。

决定这个假期要自律，不是一瞬间的事儿。

我实在知道自律的重要性。一个朋友说，要早睡早起，锻炼身体，健康饮食，自律本来就是反人性的事情，我深以为然。

但我还是终于决定要好好生活，我在假期每天早上六点半起床，锻炼半小时，然后边吃早餐边看新闻，吃水煮菜、西红柿、黄瓜多一点儿，晚上十点半左右睡觉。

我回家占领了主卧。主卧朝南，早晨从我起床到泡咖啡的时间，太阳就会升起来。东北的早上很特别，冷空气很强，刚起床的时候能感受到那侵略性的低温。

但是我总喜欢把窗户打开，猛吸两口窗外的冷空气。它们侵入我的鼻腔，通过气管进入我的肺部。我喜欢被冷空气灌满身体的那种感觉。

然后看天慢慢亮起来，天亮需要的时间太短了，好像低头冲个咖啡的工夫，黑夜就被黎明吞并了。太阳喷薄而出，黎明的光辉渐渐晕染了整个天际线，好看，真好看啊。

我本就喜欢看这深冬里的自然规律演绎，放假两个月，我看了六十次日出。

我想，浪漫大概是一种本能吧。

印象最深刻的是第八天看日出。开启第二周的自律生活，我那天早上心情特别好，因为我本不是一个喜欢坚持的人。

早上起床看到他发的朋友圈："今年没有大年三十了。"我顺手点了个赞。

然后他忽然给我发了消息，他说："我往年都会借着大年三十给大家发祝福的时候，鼓起勇气给她发消息的。可惜年也告诉我——

"以后没有她啦。

"以后没有她啦。

"该放弃啦。

"该放弃啦。

"第一次给她发祝福是大年三十在理发店里，因为正月剃头死舅舅。"

忽然感觉他比我更适合写情感故事。

之前他跟我讲过他的感情故事，我总是没法把故事里那深情的一方和他联系起来。从认识他开始，我印象里他一直都是那种不容易接近的人，有点儿骄傲。他应该是会冷漠地拒绝很多女孩子的人。

但他会在喜欢的女孩子饿了的时候，偷偷在半夜溜出家门，绕过半座城市，买那个女孩子喜欢吃的东西送到她楼下；也会为和那个女孩子约会花光身上所有的钱，最后连自己坐车回家的钱都不剩。

他说这是幼稚，是自我感动，但是我觉得，他一定是那个女孩子生命里最值得回忆的青春。

他又接着跟我说："还有，我爸给我打了个电话，说让我过两天联系我妈，让她过年回家。我说你还叫她回来干吗，我爸说年货买了那么多，大家一起吃个年夜饭，过个年。对了，我今年不回家过年了，回去要隔离，然后我就打电话给我爸说我不回家过年了。"

叔叔电话里没说什么，后来挂了电话。叔叔给他发了消息。如下：

"肘子两个，排骨一扇，干肠两捆，牛肉五斤，鱼，虾仁，大棒骨十斤，腊肉。

"你尽量回来吧，这才一半啊。

"饺子，芹菜馅儿的，还有干豆角馅儿的、酸菜馅儿的，我在家自己都给你包完了。

"还有鸡爪、猪脚啥的。"

看完这些，我的心脏缩成一团，像是被什么压着喘不上气。他又说："我爸不会打字，以前都是发语音和我说。这次大概是语音转文字。没有直接发语音，是为了不让我听出他难过的语气吧。"

他给我发完这句后，匆忙结束了和我的对话。我能感受到他的情绪，他感性我是知道的，但是第一次直接接触到他的脆弱，我还是束手无策。我在聊天框输入了又删，删了又写，改了很多次。

我不知道怎么安慰他，毕竟我自己也被感动得掉眼泪。

叔叔一定要万事顺遂、健康平安，如果一个人过年的话，也要开心，因为您有很优秀的儿子。虽然您看不到这些话，但这也算是我对您的新年祝福。这段话出版的时候已经离过年很远了，但它是长期的祝愿。

外面的太阳升起，我就着黎明阳光没温度的射线，眼泪一滴一滴掉在毛绒睡衣上。

他能和我说这些，是心里真的很难受吧。

他有世界上最爱他的爸爸。那是我第一次知道他是这样的人。

我不知道怎么回复他，最后回复的话看起来有点儿冷漠，但那是我斟酌了很久才编辑好的。那个早晨我没有打开窗户呼吸窗外的冷空气。

我也祝愿我的家人永远健康、平安、开心。最朴素的愿望永远包含最迫切的心境和最醇厚的感情。

那天我也没有冲咖啡，咖啡太苦了。这该死的疫情，我从来对于疫情这件事没有什么情绪波动，这是我第一次骂，这该死的疫情。

怎么越长大，和家人在一起的时间就越少了呢？他们看着我们长大，第一次做家长，也不是很熟练，但是那些年货的清单，熟记你喜欢什么口味的饺子，保护你情绪的小心思，总能触碰到你内心最敏感的位置。

爱，是这样学会的。第八天的日出是苦的。

我发现每天天亮的时间都会比前一天早一点儿，第十几天我起床的时候，天已经蒙蒙亮了。

早上起床空腹运动，是这一天最辛苦的事情了。我觉得世界上我最做不到的事情就是运动，但是我坚持住了。

做反人性事情的最大动力一定要来自内在。说来挺好笑的，我运动的首要目的不是健康，而是减肥。

这实在是个错误示范。

但是后来转念一想，既然结果没什么区别，倒也条条大路通罗马。因为喜欢的人，我改变了很多，包括自律，也是因为有了喜欢的人。

我想要成为一个优秀的人，起码我要变得优秀些，我才能在喜欢的人面前自信一点儿吧。最开始每次坚持不住的时候，我都会在脑子里默念他的名字。

后来我运动的时候不敢想他，不然那忽然加速的心跳，我实在承受不住。

我爱极了这时候的我，能够规律生活，自律，有人爱，爱的时候正在变成自己最好的样子。我是很感谢他的，感谢他可以让我喜欢。

运动的时候，太阳没有很高，我的汗水折射了一点儿阳光，还给太阳。

得益于网络的发达，今年我给家里买了很多年货。我也总买一些昂贵的东西。我爸总会唠叨我，说我乱花钱，我总拿“赚钱不就是为了享受生活”这句话回应他。

那天听爸爸打电话，看样子是在要债。那人欠了我家一千多元钱，已经是五六年的陈债了，一直搪塞着不还。

我是知道为什么爸爸总会心软借给别人钱的。

爸爸年轻的时候家里穷。爷爷是得了癌症去世的，家里欠了一万多元外债，那时候的一万多元绝对不是个小数目。

后来遇见了妈妈，爸爸骗她说，他有三千元钱的外债。

妈妈一咬牙，就答应嫁给爸爸了，没有收一元钱的彩礼。嫁过来才知道，那外债是一万多元，原来我爸和我妈结婚是“骗婚”。

结婚需要钱，爸爸找很多亲戚借了钱。当然，有些亲戚的嘴脸是不好看的。

后来凑够了钱，结了婚。爸妈都是很要强的人，我上小学的时候，家里的条件已经不错了。但是每次提到那些旧事的时候，他们还是会感叹那些难熬的日子。

于是别人找爸爸借钱，他总是不怎么推脱。

爸爸挂了电话，和我说：“刚知道，欠债的那人，他妈妈得了口腔癌。你看，你每天可以只顾着享受生活，有些人却只想用力活着。”

我是知道的，这世界上，有太多人只是想用力活着。

这天的太阳很刺眼，已经不是早上了，阳光把爸爸的影子印在地板上。其实本来想顺手写“阳光把爸爸的影子拉得好长”，但确实没有，可能只有傍晚的太阳才会拉长人的影子。

我知道很多隔辈人的故事，还有爸妈年轻时候的事情。那些加了怀旧牛皮纸滤镜的故事很长，如果有机会，下一本书讲给你们听。

其实自律的生活没有那么痛苦，坚持几天，后面的日子就变得轻松快乐起来，早睡早起又运动让我能保持清醒的头脑和愉悦的心情，这是最基础的成效，而附加成效是，满足了我这个日出爱好者的眼睛。

后记

——不要低估浪漫主义

亲爱的，这是这本书的尾声。

这本书能够和大家见面，实属幸运。这是我送给二十一岁的自己的礼物。在我人生的前二十年，从东北小城到杭州，我终于活成了自己最想成为的人。

这本书里我写得最多的一句话就是，我运气好。

我信仰坚定，家人平安快乐，我有最合拍的朋友，有最合适的工作伙伴，考上了心仪的学校，学了最喜欢的专业，出版了两本书，独自旅行，经济独立，珍惜我拥有的一切。

我在这本书里纪念了很多人。我努力地把那些残存于脑海里的回忆写下来，把那些故事讲述给别人听。我是一个浪漫至上的人，也曾经以为那些存在于电视剧中的情节不会发生，但是我的生活就是电视剧。

直到今天我才发现很多事情都是注定的。你只管努力，其他的事情自有定数。

之前看过一段话："别人都在种麦子，你要退出来种玫瑰，你要浪漫，你不要命。"评论很有意思："无法避免落俗，但浪漫不死。后来我的玫瑰惊艳了种麦子的男孩儿，我们赢得了生活，也胜在了浪漫。"

浪漫不死，所以不要低估浪漫主义。

写这篇后记的时候我知道，这是这本书最后的文字了。今天是个很普通的日子，此时也是个最平凡的晚上，我甚至没想到这本书会在这样一个晚上结束。这八万左右的字，说起来不是很多，但我写了整整半年。

我总共写了十几篇，穿插着我回忆里的人，希望你不要感到乏味。我不擅长写长文章，所以随笔和散文写得多一点。那些批判性的文字，偶尔写写，也不深刻。

我不是一个很优质的作家，我更希望你把我当成朋友，在我的文字里面找到自己，我们平等交流，隔着这张纸对话。

写悲剧惯了，倒连个欢欢喜喜的收尾都不太熟练了。这是我单独署名的第一本书，但这不会是我的最后一本书。

下次见，亲爱的。顺便说一句，今夜无星，希望明天有。